TEXTES LITTERAIRES

Collection dirigée par Keith Cameron

CVI

LE VOILE
ET
LE MIRAGE

Xavier Mellery: *Béguine lisant sous la lampe*
Musées royaux des Beaux-Arts de Belgique, Bruxelles — Koninklijke Musea voor Schone Kunsten van België, Brussel (photo Speltdoorn)

GEORGES RODENBACH

LE VOILE

ET

LE MIRAGE

Edition préparée par

Richard Bales

UNIVERSITY
of
EXETER
PRESS

REMERCIEMENTS

Mon ami Christian Angelet, professeur aux universités de Louvain (K.U.L.) et de Gand, a eu la gentillesse de m'aider dans mes recherches et de me donner des conseils fort utiles; qu'il reçoive ici l'expression de mes remerciements les plus sincères. La publication du frontispice a été rendue possible grâce à l'aimable autorisation des Musées royaux des Beaux-Arts de Belgique, Bruxelles — Koninklijke Musea voor Schone Kunsten van België, Brussel, et à une subvention de la Queen's University de Belfast.

Belfast, juin 1998.

First published in 1999 by
University of Exeter Press
Reed Hall
Streatham Drive
Exeter EX4 4QR
UK

British Library Cataloguing in
Publication Data
A catalogue record for this book is available
from the British Library

ISSN 0309-6998
ISBN 0 85989 641 2

Typeset by Julie Crocker
Printed in the UK
by Short Run Press Ltd, Exeter

INTRODUCTION

Longtemps, le nom de Georges Rodenbach (1855-1898) a été synonyme d'un seul titre: *Bruges-la-Morte*. Publié en 1892, ce roman poétique a saisi l'imagination de toute une génération et est resté un des livres essentiels de la période fin de siècle. Et, à force d'être étudié à l'exclusion de tout autre, ce livre a fini par être considéré comme l'unique production littéraire de son auteur. C'est pourtant loin d'être le cas. Durant sa brève existence, Rodenbach s'était forgé une belle carrière. Cette carrière, basée à Paris, avait toutes les apparences d'être française. Mais Rodenbach était belge, étant né à Tournai en 1855. Ce n'est qu'à l'âge de 32 ans, en 1888, qu'il se fixe à Paris, pour y vivre en homme de lettres, vivant du journalisme. Toute sa formation et toute sa jeunesse étaient donc belges. Toute son inspiration aussi. Car s'il avait physiquement émigré en France, il avait apporté avec lui un réservoir de sensibilité provenant de son pays natal et dans lequel il allait continuer à puiser au cours de la dernière décennie de sa vie.

C'est l'âge d'or de la littérature belge. Les années 90 du siècle dernier ont vu l'apparition de plusieurs écrivains parvenus à la maturité artistique en même temps, avec de multiples chefs-d'œuvre produits dans une période d'une dizaine d'années. Bien qu'il soit convenu de regrouper tous ces écrivains sous la rubrique du Symbolisme, il est de plus en plus de mise aujourd'hui d'en signaler les différences, tout en reconnaissant une spécificité qui les unit. Quelle est cette spécificité? Elle réside précisément dans l'appartenance de ces auteurs à une base commune qui se nourrit de racines géographiques manifestées dans des préoccupations d'ordre local. Non pas un nationalisme simpliste, il va sans dire, plutôt une inspiration puisée dans des sources communément vécues, que ces sources soient attribuables à la formation intellectuelle, à la situation sociale ou, tout simplement, à l'environnement.

Il s'agit d'un moment privilégié, fugitif. Est-ce un hasard si la presque totalité des auteurs belges les plus marquants de cette époque aient fait leur scolarité dans le même établissement? Toujours est-il que le Collège Sainte-Barbe de Gand — institution jésuite désormais légendaire dans les annales de la littérature belge — a formé, et à très peu d'années de distance, Maeterlinck, Rodenbach, Van Lerberghe et Verhaeren. Tous les quatre ont poursuivi leurs études à l'université: Maeterlinck et Rodenbach ont fait leur droit à Gand, Verhaeren à Louvain; Van Lerberghe, lui, est resté à Gand comme étudiant de lettres et de philosophie. Ils ont donc tous reçu une bonne éducation, à l'ancienne.

Mais c'était une éducation qui n'existe plus depuis bien longtemps. Issus de familles bourgeoises aisées, ces futurs écrivains des années 90 étaient francophones dans une ville à prédominance néerlandophone. En effet, le français était la langue de la bonne société gantoise. On parlait flamand, certes, mais seulement avec les domestiques. Tout l'enseignement du Collège Sainte-Barbe était aggressivement français,[1] et ce n'est qu'en 1930 que l'Université de Gand a définitivement adopté le néerlandais.[2] De nos jours, il subsiste une petite communauté francophone à Gand, mais on pourrait dire que, *grosso modo*, le monde social et intellectuel qu'ont connu Maeterlinck, Rodenbach et les autres a pratiquement disparu, et l'«accent» flamand dans une littérature belge de langue française[3] s'est perdu au fil des années.

Cet «accent», c'est ce qu'il importe de retenir.[4] Car, si les symbolistes belges s'expriment en français, et s'ils «sont profondément réceptifs à la leçon de Mallarmé dont ils retiennent surtout les pouvoirs de la suggestion et de la polysémie»,[5] leurs sources sont autres. Et Jeannine Paque de préciser:

> Les poètes symbolistes de Belgique ont en commun l'aspiration à la transcendance, un élan vers la spiritualité et la métaphysique. Ils sont en quête d'une littérature plus instinctive et irrationnelle qui soit un moyen d'investigation vers l'invisible, l'occulte, le mystère de l'être et du cosmos. (ibid.)

---

1 On peut en lire une description (parfois terrifiante) dans *Le Naïf*, de Franz Hellens (1926). Bien qu'il s'agisse d'une transposition romanesque, le détail possède l'empreinte de la vérité. Rodenbach lui-même a évoqué le Collège Sainte-Barbe (mais sans le nommer) dans un conte posthume, «Au collège», publié pour la première fois dans *Le Journal* du 1er mai 1899 et repris dans *Le Rouet des brumes* (Paris, Ollendorff, 1901. Edition récente: Biarritz, Séguier, 1997, pp. 129-135). Rodenbach met l'accent sur la terreur associée à l'enseignement religieux de l'époque — tout comme le fera Joyce une vingtaine d'années plus tard, dans *Portrait of the Artist as a Young Man* (1916).

2 Avant cette date, la seule langue autorisée dans l'enseignement supérieur en Belgique était le français.

3 Dans un domaine qui peut porter à controverse, nous adoptons la formule de Marc Quaghebeur, dont les écrits font autorité. Pour son choix de «littérature belge de langue française», voir «Balises pour l'histoire de nos lettres», in *Alphabet des lettres belges de langue française* (Bruxelles, Association pour la promotion des Lettres belges de langue française, 1982), pp. 9-202; voir notamment p. 21.

4 «Accent plutôt que langue, modalité plus que catégorie», selon Michel Décaudin, «Symbolisme en Belgique ou Symbolisme belge?», *Cahiers de l'Association Internationale des Etudes Françaises*, no.34 (mai 1982), pp. 109-17; voir p. 113.

5 Jeannine Paque, *Le Symbolisme belge* (Bruxelles, Labor, 1989), p. 29.

D'où un intérêt marqué pour la philosophie germanique et le mysticisme flamand (Maeterlinck a traduit Ruysbroeck et Novalis).[6] En particulier, la pensée de Schopenhauer est très souvent évoquée, à tel point qu'elle devient, selon les termes de Christian Berg, «un point de référence constant et privilégié»,[7] bien que la lecture qu'en ont faite les Gantois fût différente selon leurs besoins individuels (Berg, p.134). C'est cette filiation qui les distingue de leurs homologues français:

> La conscience d'une singularité flamande, germanique, conduit ces poètes de langue française à renouer avec une tradition, un fonds populaires, un lyrisme naturel, peu exploités en France. Cette nordicité revendiquée n'est pas le moindre des traits distinctifs du symbolisme belge. C'est ainsi qu'il privilégie le concret, le sensoriel, le familier, qu'il est profondément ancré dans le réel d'un pays, terre de contrastes, qui est le sien. (Paque, p.30)[8]

Tous ces aspects, toutes ces qualités, sont abondamment visibles dans l'œuvre de Rodenbach, non seulement dans *Bruges-la-Morte*, mais dans la totalité des écrits de sa maturité. Esquissons-en les grandes lignes.

* * *

Rodenbach était à la fois poète, romancier et dramaturge, sans parler de son activité de journaliste (il était notamment correspondant parisien du *Journal de Bruxelles*).[9] Si l'on fait abstraction des œuvres d'apprentissage des années 70 et 80 (on se référera à Maes pour le détail), on peut dire que Rodenbach s'est distingué dans tous les domaines, lors de son ultime séjour parisien, mais il l'a fait tout en gardant la spécificité belge dont il vient d'être question. En fait, il s'était construit un petit monde littéraire qui lui était propre, et qu'il s'est appliqué à élaborer dans une série

---

6 Maurice Maeterlinck, trad., *L'Ornement des noces spirituelles de Ruysbroek l'Admirable* (Bruxelles, Lecomblez, 1891. Edition récente: Bruxelles, Editions Les Eperonniers, 1990). Novalis, trad. Maurice Maeterlinck, *Fragments; Les Disciples à Saïs* (Bruxelles, Lecomblez, 1895. Edition récente: Paris, Corti, 1992). Les introductions à ces deux traductions sont reprises dans Maurice Maeterlinck, *Le Trésor des humbles* (Paris, Mercure de France, 1896).

7 Christian Berg, «Le Lorgnon de Schopenhauer. Les Symbolistes belges et les impostures du réel», *Cahiers de l'Association Internationale des Etudes Françaises*, no.34 (mai 1982), pp. 119-35; voir p. 135.

8 Voir aussi Décaudin: «Il est certain que la vie flamande, ses références et ses affinités culturelles jouent ici un rôle nullement négligeable. L'œil, l'oreille, la mémoire d'un Verhaeren, d'un Van Lerberghe, d'un Maeterlinck sont emplis d'images de leur pays» (art. cit., p. 112).

9 Pierre Maes, *Georges Rodenbach* (Gembloux, Duculot, 1952 [première édition, 1926]), ch. VII, passim. C'est la grande biographie et étude critique de Rodenbach.

d'ouvrages de genres variés. Néanmoins, il faut reconnaître, avec Patrick Laude, que l'œuvre de Rodenbach «constitue un tout foncièrement limité, répétitif, un monde clos à l'intérieur duquel se développent les multiples variations des mêmes images et des mêmes thèmes».[10] Mais si cette formule semble peu prometteuse, elle possède l'avantage que l'œuvre ainsi constituée, quoique limitée, «est aussi et par là même foncièrement homogène» (ibid.).

Quelles sont les constantes de cet univers rodenbachien? D'abord et surtout, l'âme d'une ville et de ses habitants, filtrée au travers d'une sensibilité rêveuse, et dont l'ascendance baudelairienne saute aux yeux. Car si Rodenbach était fidèle dès 1889 aux mardis de la rue de Rome, il serait vain de chercher chez lui une diction directement influencée par Mallarmé: rien n'est plus éloigné des subtilités du maître du symbolisme français que la clarté syntaxique de la phrase rodenbachienne. Rêve et solidité en même temps: voilà les deux pôles entre lesquels oscille son univers poétique. Les titres de chaque section du *Règne du silence* en disent long sur les priorités du poète: «La Vie des Chambres», «Le Cœur de l'Eau», «Paysages de Ville», «Cloches du Dimanche», «Au Fil de l'Ame», «Du Silence». C'est la sensibilité du poète qui réunit tous ces éléments en un tout indivisible.

Le lieu où s'opère cette union, l'endroit privilégié, c'est naturellement Bruges. Même là où la ville n'est pas expressément nommée, elle court en filigrane, avec des allusions plus ou moins précises. Bruges, c'est la province, la tradition, les canaux, les cygnes, la religion, les béguines,[11] les dimanches après-midi, les cloches, la pluie, le silence. Tous ces aspects de la ville ne cessent de reparaître dans les œuvres de maturité écrites à Paris: *Bruges-la-Morte*, *Le Voile*, *Musée de Béguines*, *Le Carillonneur* et *Le Mirage* sont autant d'explorations d'un seul thème, mince en lui-même, mais riche en possibilités. Comme Rodenbach l'avait déclaré dans l'«Avertissement» de *Bruges-la-Morte*: «cette Bruges, qu'il nous a plu d'élire, apparaît presque humaine; [...] ses paysages urbains [ne sont] plus seulement comme des toiles de fond, comme des thèmes

---

10 Patrick Laude, *Rodenbach: Les Décors du silence* (Bruxelles, Editions Labor, 1990), p. 8.

11 L'ordre des béguines remonte au Moyen-Age, mais la date précise de sa fondation est inconnue, ainsi que l'étymologie du mot. C'étaient des femmes qui se distinguaient des religieuses régulières en ce qu'elles ne prononçaient pas de vœux perpétuels; mais elles vivaient en communauté close et se vouaient aux bonnes œuvres et à l'artisanat, notamment de la dentelle. Institution spécifiquement flamande, cet ordre maintenant défunt a laissé des ensembles architecturaux — les béguinages — dont l'aspect pittoresque témoigne d'un mode de vie qui chevauchait les mondes religieux et séculaire. Le béguinage de Bruges n'en est que le plus célèbre: d'autres non moins ravissants se trouvent un peu partout en Belgique — à Louvain, à Lierre, à Gand, à Courtrai, ailleurs encore...

descriptifs un peu arbitrairement choisis, mais liés à l'événement même du livre».[12] Bruges se trouve donc au cœur même de l'entreprise littéraire de Rodenbach, sorte de carrière où tout, mots et thèmes, est exploité.

L'aspect visuel est primordial. Dans l'«Avertissement» de *Bruges-la-Morte*, toujours, Rodenbach avait insisté sur l'importance des photogravures de Bruges intercalées entre les pages: elles y avaient été placées «afin que ceux qui nous liront subissent aussi la présence et l'influence de la Ville, éprouvent la contagion des eaux mieux voisines, sentent à leur tour l'ombre des hautes tours allongée sur le texte» (ibid.). En plus des trente-cinq photogravures, il y avait aussi un frontispice de Fernand Khnopff (reproduit en face de la page 32 de l'édition Berg). Or, on sait la place qu'occupe la ville de Bruges dans l'œuvre du peintre contemporain de Rodenbach. Y a-t-il eu influence de l'un sur l'autre? Michel Draguet ne le pense pas; selon lui, il s'agit d'une «lecture [...] parallèle mais indépendante».[13] Toujours est-il que chez l'un comme chez l'autre, on assiste à un même «principe de musicalité picturale» (Draguet, p.353), ce qui ne saurait surprendre dans l'atmosphère de correspondances post-baudelairienne et post-wagnérienne qui était monnaie courante partout en Europe en cette fin de siècle.

Mais il y a ici un autre parallèle pictural, non signalé par Draguet, mais comme appelé par lui lorsqu'il déclare que chez Rodenbach «les objets semblent habités d'une vie secrète, d'un sens propre qui va au-delà de leurs formes» (Draguet, ibid.). Or, à la même époque que *Bruges-la-Morte*, le maître de Khnopff, Xavier Mellery, était en train de créer sa série de fusains intitulée «L'Ame des choses»,[14] où Verhaeren, qui en a rendu compte lors d'une exposition en 1895, entend «un psaume de tristesse qui résonne dans ces cadres alignés, [...] la confession du silence».[15] L'âme des choses, chez Mellery, «sort des murailles, pensive et familière à la fois»; le peintre «sait faire ainsi parler les choses» (ibid.). Dans la même exposition, Verhaeren découvrait des qualités analogues chez William Degouve de Nuncques; selon lui, c'est «un découvreur d'âmes [...], un

---

12 Georges Rodenbach, éd. Christian Berg, *Bruges-la-Morte* (Bruxelles, Editions Labor, 1986), p. 15.

13 Michel Draguet, *Khnopff ou l'ambigu poétique* ([Bruxelles], Snoek-Ducaju/Crédit Commercial, 1995), p. 352.

14 Draguet (p. 306) ne fait que mentionner cette série, signalant que le concept «retient moins Khnopff que la vie secrète de l'esprit». L'«âme» est une notion que semblent affectionner les Symbolistes belges, désignant par là des régions de sensibilité humaine profonde. Le mot est, par exemple, omniprésent dans le premier des grands essais de Maeterlinck, *Le Trésor des humbles* (1896). Le concept se prête naturellement à un discours métaphysique tel qu'il était pratiqué par les Symbolistes en général.

15 Emile Verhaeren, *Ecrits sur l'art* (2 vols. Bruxelles, Editions Labor, 1997), II, 657.

poète plus qu'un peintre» (ibid.). On pourrait ajouter à cette liste, parmi d'autres, le nom de Georges Le Brun, dont les «meubles de chêne [...] sont là sans doute aux mêmes places depuis combien de générations monotones».[16] Cet art «intimiste» représente une sorte de compartiment du symbolisme proprement dit, un art qui, «à l'opposé des impressionnistes, [...] ne se souciait pas de saisir un moment fugitif [...], mais bien de traduire la permanence d'une atmosphère».[17] Mellery, Degouve de Nuncques, Le Brun: triade de peintres moins importants que Khnopff ou Ensor, certes, mais qui, de par leur modestie même, peuvent être considérés comme dignes d'être comparés, dans leur recherche de l'intime, à l'effort analogue opéré par Rodenbach dans ses études brugeoises.[18]

Tout comme les restrictions apparentes de cet univers intime le laissent supposer, le faisceau de thèmes qu'aborde Rodenbach reste presque identique d'une œuvre à l'autre. Dans l'atmosphère de Bruges — omniprésente jusqu'à la saturation — s'insère un réseau social complexe et intact dont certaines sections, telles les béguines, sont présentées de façon privilégiée. Ce réseau représente la tradition et la religion catholique, soumises à l'habitude depuis des siècles. Un homme solitaire, en proie à une obsession, se trouve souvent en conflit avec cette société dont il méconnaît ou, sciemment, rejette les règles. C'est une véritable lutte entre le sacré et le profane, une psychomachie. La maladie et la mort, enfin, rôdent tout autour, également présentes au niveau de l'intrigue et de son cadre. On aura reconnu, *grosso modo*, le scénario de *Bruges-la-Morte*. Mais ces mêmes éléments reparaissent un peu partout, dans des proportions variables. Procédons donc à l'analyse des deux textes reproduits ici. Injustement négligées par rapport à ses romans et à sa poésie, ces pièces de théâtre sont pratiquement les seules que Rodenbach ait écrites.[19] Qui plus est, elles datent toutes les deux de ses années de maturité. Et bien que le théâtre ne représente qu'une portion assez restreinte de l'activité littéraire de Rodenbach, on n'y saisit pas moins les mêmes qualités qu'il montre dans d'autres domaines. Après un siècle, leur réimpression s'imposait.

---

16 Maurice Pirenne, «L'Homme et l'œuvre», in *Georges Le Brun* (Köln, Belgisches Haus, 1981), p. 27.

17 Bruno Fornari, in *Paris-Bruxelles, Bruxelles-Paris* (Paris, Réunion des Musées Nationaux; Anvers, Fonds Mercator, 1997), p. 326.

18 Sur la filiation Mellery, Degouve de Nuncques et Le Brun, voir *William Degouve de Nuncques et les intimistes verviétois* (Liège, Crédit Communal, 1990), passim; Marie-Jeanne Stallaert, «Levenloze voorwerpen», in *De facto* (Bruxelles), no.9 (juillet 1995), pp. 91-95.

19 Une saynète, composée en collaboration avec Max Waller, avait été publiée dix ans avant la création du *Voile*: il s'agit de *La Petite Veuve* (Bruxelles, J. Fink, 1884). Maes (p. 214) signale aussi *Le Pour et le Contre*, scène en vers publiée dans *La Revue générale* d'octobre 1879.

Le Voile

Les origines du *Voile* semblent remonter à des souvenirs de jeunesse de Rodenbach. En effet, une déclaration contemporaine de la création de la pièce esquisse une situation très proche de celle qu'on y retrouve:

> Quand j'avais quinze ans, ma sœur devint malade. Selon l'usage, on manda près d'elle, comme garde-malade, une béguine qui vécut ainsi des semaines côte à côte avec nous. Elle me troubla avec son visage et sa cornette blanche. Une nuit d'alarme où ma sœur eut une crise, je vis la béguine debout à son chevet, mais sans cornette; elle n'avait pas fini de s'habiller, et ce fut une émotion de l'apercevoir *comme les autres femmes*, cette béguine dont la cornette, le visage pâle me faisaient rêver à quelque femme un peu céleste.[20]

A quelques détails près, c'est le scénario du *Voile*. Mais avant de le devenir, Rodenbach allait se servir de la même anecdote pour fournir la trame d'une nouvelle intitulée *Amour en nuances*, publiée pour la première fois en 1888. Changements significatifs depuis le souvenir d'enfance: la sœur de l'auteur est remplacée par sa mère, et les protagonistes reçoivent des noms — Jean Solvier et Sœur Angélique. Ce texte étant difficile d'accès (il n'a été repris que dans une revue de faible circulation), nous le reproduisons ici en appendice.[21]

En ce qui concerne la composition du *Voile* proprement dit, nous ne possédons pas de détails, sauf ceux qu'on trouve dans une lettre d'Alexandre Dumas *fils* déposée aux Archives et Musée de la Littérature à Bruxelles. Rodenbach semble avoir confié le manuscrit de son drame à l'auteur célèbre, dans l'espoir d'obtenir son avis et ses conseils. L'intérêt de la réponse de Dumas est tel, que nous reproduisons ci-après la plus grande partie de cette lettre inédite:

> Il y a des morceaux excellents, d'une grande poésie, mais la donnée me paraît impossible, au théâtre surtout. Ce fils qui pendant que sa mère se meurt ne pense qu'à la couleur des cheveux de la sœur, laquelle

---

20 Maes, p. 217. Cité d'après *Le Figaro* du 15 mai 1894. L'italique est dans l'original.

21 La date de cette nouvelle semble infirmer toute possibilité d'influence de *L'Intruse* de Maeterlinck, pièce publiée en 1890. Cependant, la transformation de la nouvelle en pièce de théâtre a pu être inspirée par l'exemple de Maeterlinck. En effet, *L'Intruse* partage avec *Le Voile* plusieurs éléments-clés: un intérieur bourgeois moderne, une agonisante invisible dans une pièce voisine, et une religieuse. Ce sont aussi, toutes les deux, des pièces en un acte. Ces mêmes remarques s'appliquent (avec quelques différences de détails) aux *Flaireurs* de Van Lerberghe (1889), dont l'influence sur Maeterlinck est indéniable. Voir l'introduction de J. Whistle à son édition de *Deux pièces symbolistes* (Exeter, University of Exeter, 1976).

> d'ailleurs ne peut plus avoir de cheveux; cette sœur qui va se coucher et se déshabille pendant que la personne qu'elle est chargée de veiller agonise, tout cela est impossible, *chez nous*, comme j'ai écrit en marge quelque part. Les curiosités de Jean ficelant le libertinage secrètement à ces heures solennelles de la mort d'une mère qu'il abandonne m'amusent trop. Je ne crois pas qu'aucun directeur accepte cette pièce. Le public prendrait la chose en gaieté. Au fond tout ce qui passe par l'esprit de Jean est vrai, mais si vous croyez qu'on peut dire au public tout ce qui est vrai, vous vous trompez bien. On peut lui en dire une toute petite partie, et avec quelles préparations![22]

La critique sévère de Dumas souligne l'aspect le plus faible de l'anecdote: l'invraisemblance foncière de la présence intime d'une religieuse dans un cadre familial. Même s'il s'agit en l'occurrence d'une béguine, dont les vœux sont moins stricts, de telles nuances ne sauraient évidemment pas convaincre un auditoire sceptique. (Et Dumas lui-même ne semble pas être au courant de la différence entre une béguine et une religieuse ordinaire.) On le voit, le danger, du point de vue de Rodenbach, est réel: à force de construire une situation dont les particularités sont très éloignées de l'expérience de ses spectateurs éventuels, le dramaturge court le risque de provoquer une réaction dont l'incompréhension tournera au comique. C'est peut-être pour minimiser la possibilité d'une telle réaction que la mère d'*Amour en nuances* et de la première version du *Voile* envoyée à Dumas se verra désormais transformée en tante: la situation ainsi reconstituée pourrait être considérée moins scandaleuse que celle qui mettait en scène la proximité d'une mère.

Toujours est-il que, contrairement aux prévisions de Dumas, *Le Voile* a bien été accepté par un théâtre, et non des moindres:

> Séance de lecture, hier, à la Comédie Française. Le comité a reçu, à l'unanimité, le *Voile*, comédie en un acte, en vers, de M. Georges Rodenbach, et refusé les *Honnêtes Gens*, comédie en quatre actes, en prose, de M. Armand Dartois. La pièce de M. Rodenbach comporte trois personnages seulement. C'est une comédie très simple et, dit-on, très intense de sentiment.[23]

---

[22] Archives et Musée de la Littérature, M.L.3036/64. La lettre n'est pas datée. L'italique est dans l'original.

[23] Archives et Musée de la Littérature, M.L.3052/2. Coupure de presse (*Le Gaulois*, février 1893). Le cadre de la Comédie-Française est pour le moins surprenant: l'intimité du *Voile* semblait plutôt le destiner à des théâtres de dimensions plus modestes et qui se spécialisaient dans des pièces modernes, tel le Théâtre de l'Œuvre de Lugné-Poë.

Le reporter du *Gaulois* ne semble pas avoir été très bien renseigné!

Malgré la date d'admission, ce n'est qu'après un intervalle de plus d'une année que la pièce sera jouée. Pour préparer le terrain, Rodenbach mobilise ses amis dans une campagne de publicité.[24] Il pouvait en effet compter sur de puissants alliés. En premier lieu, Mallarmé apporte tout le poids de son autorité moderniste:

> M. Rodenbach est un des plus absolus et des plus précieux artistes que je sache. Son art est un art à la fois subtil et précis. Je le compare aux dentelles et aux orfèvreries des Flandres, où la délicatesse du point, l'extrême complication des motifs apparaissent nettement, grâce au fini du travail, — sont, de par l'habileté de l'artisan, de dessin délié et irréprochable. La pensée subtile a trouvé chez M. Rodenbach l'expression qu'il fallait, l'expression subtile, mais exacte qui l'a mise en valeur et, si ténue, l'a rendue palpable. [...] En lisant ses livres, on a l'impression de la sensation fugitive, fixée, piquée, qu'enveloppe et cristallise la phrase sous une forme définitive. C'est surtout un sensationiste. Il perçoit des analogies, il découvre des rapports, on peut dire par le palper, l'ouïe — au point qu'il serait indiscret, mais curieux d'apprendre si la sensation, chez lui, ne suggère pas la pensée...[25]

L'appréciation de Mallarmé est générale, certes, et les termes qu'il emploie pourraient s'appliquer indifféremment à bon nombre de poètes de tendances analogues. Toutefois, il y a suffisamment de précisions pour que le lecteur reçoive l'impression d'une vraie personnalité littéraire, non seulement dans les allusions à la Flandre, mais surtout dans l'analyse des rapports entre pensée et sensation, comparables à «la contagion des eaux mieux voisines» et «l'ombre des hautes tours allongée sur le texte» de l'«Avertissement» de *Bruges-la-Morte* (p.15).

Quant à Edmond de Goncourt, le langage qu'il déploie dans son interview fait écho à ce que nous avons déjà signalé par rapport à la peinture symboliste:

> M. Rodenbach, pour moi, c'est presque le seul poète, oui, le seul poète vraiment original d'à présent. Il est parvenu à rendre ce que beaucoup ressentent, mais n'expriment point: l'âme des choses... L'âme plutôt triste, dolente. C'est l'atmosphère de ses chambres, les meubles anciens,

---

24 Les modalités de cette démarche sont décrites dans une lettre de Rodenbach à Gérard Harry, reproduite dans Anny Bodson-Thomas, *L'Esthétique de Georges Rodenbach* (Liège, H. Vaillant-Carmanne, S.A., Impr. de l'Académie, 1942), p. 180.

25 Interview publiée dans *Le Petit Bleu* du 20 mai 1894 et dans *L'Indépendance belge* du 21 mai 1894. Reproduite dans F. Ruchon, *L'Amitié de Stéphane Mallarmé et de Georges Rodenbach* (Genève, Pierre Cailler, 1949), pp. 119-20, et dans Maes, pp. 223-24.

> des étoffes fanées, la vie, l'intimité de la maison qui nous aime, captée comme au reflet des miroirs. Il y a ensuite ses villes flamandes, avec toute la poésie de leur catholicisme du Nord; Bruges, qu'il a décrite, dont il a rendu l'impression poignante de désuétude. J'y ai séjourné. On subit forcément l'impression du milieu; mais traduire cela, c'est l'insaisissable. Rodenbach y est arrivé; c'est là qu'il est personnel; c'est par l'expression du vague, de l'ambiance, de l'âme des choses.[26]

Est-il besoin d'insister sur cette qualité qui, nous l'avons vu, caractérise l'attitude poétique de Rodenbach en général? Venant de la plume d'un écrivain dont le style et les préoccupations tranchent nettement avec ceux de son confrère belge, l'analyse frappe par sa justesse. Car ce qui semble caractériser les vers de Rodenbach — et c'est le cas, non seulement des recueils de poésie, mais également du *Voile* — est un mélange judicieux du concret et de l'abstrait, dans des proportions qui assurent une limpidité d'expression, une simplicité à première vue déconcertante. Mais cette simplicité est trompeuse: en apparence dénuée de signification majeure, elle cache des subtilités qui ne ressortent que graduellement. Selon Patrick Laude, «la notation sensuelle la plus concrète échappe à son contexte coutumier pour s'intégrer à un faisceau imaginaire convergent»,[27] faisceau construit à partir de thèmes et d'éléments déjà analysés dans la première partie de cette introduction.

La répétition générale du *Voile* a lieu le 20 mai 1894 (un samedi); la première, le lendemain. Il est entouré de deux autres pièces: *Le Bandeau de Psyché*, de Louis Marsolleau, et *Les Romanesques*, d'Edmond Rostand. Le rôle de Sœur Gudule est confié à Marguerite Moréno, vêtue d'un authentique habit de béguine, commandé spécialement à Bruges; et les décors sont soigneusement préparés par Rodenbach lui-même.[28]

La réception de la pièce semble avoir été assez chaleureuse. On connaît la réaction de Mallarmé:

> C'est simplement depuis les pièces lyriques écrites auparavant et dans un autre mode, ce que je connais, en théâtre, de mieux versifié — une création tout à fait, chaque vers allant à la difficulté ou à la poésie elle-même, la donnant en un trait de délicatesse et de précision inouïes et la

---

26 Cité dans Maes, pp. 224-25.

27 Voir Laude, p. 126.

28 Tout le détail anecdotique concernant la création de la pièce est rassemblé dans Maes, pp. 219-26. Le portrait de Marguerite Moréno dans le rôle de Sœur Gudule, par Lévy-Dhurmer, est reproduit dans *Autour de Lévy-Dhurmer: Visionnaires et Intimistes en 1900* (Paris, Editions des Musées Nationaux, 1973), p. 48.

> donnant seule. Quant au drame même; vous savez quelle fut, elle reste entière, mon admiration.[29]

Bien que les termes de l'éloge soient typiquement laconiques, on reconnaît un certain ton de sincérité. Le cas est encore plus frappant chez un autre confrère poète qui, avant d'aller à la pièce, était sûr «d'y éprouver une émotion d'art pénétrante et rare»; il s'agit d'Albert Samain:

> Je suis sorti du théâtre la tête en feu, le cœur gonflé, littéralement soulevé, toutes les fibres intimes remuées et frémissant encore de cet archet lentement promené au fond de moi-même. C'est la première fois que je ressens au théâtre une impression de cet ordre, d'une émotion aussi condensée et subtile, c'est la première fois que j'entends chanter à la rampe une aussi adorable cantilène de poësie intérieure. [...] Et quelle atmosphère pieusement reconstituée; la pendule à colonnettes, les vases d'albâtre, le poële de fonte à œil rouge, les petits carreaux, la pluie qui fouette les vitres, la cloche, la "mortelle" cloche du "Salut", le corridor, le pas qui croît et décroît dans l'escalier, le miroir, et tant de choses qui m'ont frappé au passage, éveillant en moi de longs échos...[30]

Ce témoignage nous est doublement précieux. En premier lieu, il nous fournit des précisions concernant la mise en scène (elles diffèrent un peu de la description de la scène telle qu'elle est donnée dans le texte imprimé), et qui transmettent un désir de la part de Rodenbach de reconstituer fidèlement un intérieur brugeois. Puis, l'enthousiasme de Samain se traduit dans des termes éminemment assortis à l'inspiration post-baudelairienne de Rodenbach. Et Samain de terminer sa lettre par une phrase totalement symboliste: «Quelle est donc cette Magie mystérieuse de la Sympathie qui fait que tel sentiment, tel songe, telle sensation dormant au fond de nous, subitement exprimé par une âme parente nous envahit d'une émotion irrésistible [?]» (ibid.). «Ame parente»: on aura reconnu le mot-fétiche du symbolisme belge.

De la part des journalistes, point d'envolées lyriques; plutôt une appréciation sobre, mais réelle. Pour Jules Lemaitre, *Le Voile*, c'est «de la poésie silencieuse» où Rodenbach «a su créer [...] une atmosphère pieuse,

---

[29] Ruchon, op. cit., p. 74. La date qu'on donnait autrefois à cette lettre non datée par Mallarmé était décembre 1894. En réalité, elle date de 1897, c'est-à-dire après la publication du *Voile* en volume: voir S. Mallarmé, éd. H. Mondor et L.J. Austin, *Correspondance*, X (Paris, Gallimard, 1984), p. 47. La lettre suit la réception d'un exemplaire dédicacé.

[30] Albert Samain, Lettre à Rodenbach, s.d. (mais clairement contemporaine de la création du *Voile*), in *Des Lettres, 1887-1900* (Paris, Mercure de France, 1933), pp. 60-63. Samain allait rendre compte de *Musée de béguines* dans le *Mercure de France* de juin 1894.

recueillie et blanche. Nous en sommes peu à peu tout enveloppés». Les vers en sont «presque toujours pénétrants, tout chargés de sens, et d'un sens rare, en même temps pittoresques et infiniment mélancoliques. L'effet a été grand».[31] Le compte rendu de René Doumic, dans la *Revue des deux mondes*, va dans le même sens. Fait frappant, il consacre beaucoup plus d'espace à une discussion de la pièce de Rodenbach qu'à celles de Marcolleau (ce qui ne surprend pas) et de Rostand (ce qui surprend beaucoup). Après une appréciation générale et approfondie de l'œuvre de Rodenbach — il cite *L'Art en exil*, *Bruges-la-Morte*, *Musée de béguines* et *Le Règne du silence* — il donne un résumé commenté de l'action, et termine par un paragraphe qui nous semble contenir l'essence de l'art de Rodenbach tel qu'il le pratique dans *Le Voile*:

> On voit comme ici tout est en accord et concourt pour aboutir à cette impression finale et décevante [il s'agit du dénouement]. Le style pareillement. La langue que parlent les personnages de M. Rodenbach est lente avec quelque chose peu à peu de pénétrant. Elle est tout en nuances, avec des recherches de mots pâles, quintessenciée dans le gris. De temps en temps des tournures nous y arrêtent incorrectes et plus souvent surannées. Ce sont aussi des locutions peu usitées ou tombées en désuétude, et qui dénotent l'exotisme ou plutôt encore le provincialisme. Avec ses mièvreries et ses gaucheries, ce style trop embarrassé pour l'action, trop énervé pour la passion, hésitant et morbide, contribue encore à nous entraîner dans un rêve de langueur loin de la vie.[32]

Moins fiévreuse que celle de Samain, la critique de Doumic s'exprime en termes mesurés et perçoit dans le drame de Rodenbach les mêmes qualités et défauts que pourrait y retrouver un critique de nos jours.

Pour récapituler, il est possible de dire que *Le Voile*, œuvre mineure d'un écrivain de second ordre, représente quand même un bon résumé d'un certain symbolisme belge. Les thèmes omniprésents — l'homme solitaire, l'habitude, une société fermée, le sacré et le profane, et la mort — y figurent tous ensemble, dans une juxtaposition serrée. Nous pouvons y ajouter la «spécialité» de Rodenbach: l'obsession des cheveux. Il y aurait naturellement tout un historique de ce thème à reconstituer, et qui remonterait au moins à Baudelaire («La Chevelure»). Pour rester dans le domaine du symbolisme belge, on ne peut pas ne pas voir dans la scène

---

[31] *Le Journal des débats*, 27 mai 1894, reproduit dans Maes, p. 229.

[32] René Doumic, «Revue dramatique», *Revue des deux mondes*, 15 juin 1894, pp. 703-707; voir p. 706. Doumic avait déjà consacré des articles à Rodenbach dans le *Journal des débats*, le 18 septembre 1893 et le 8 mai 1894.

des cheveux de Mélisande dans *Pelléas et Mélisande* (Acte III, Scène 2) une influence directe. Toujours est-il que Rodenbach a su jouer des variations sur ce thème, pour le rendre finalement sien.[33] Moins diabolique que dans *Bruges-la-Morte*, l'obsession telle qu'elle est présentée dans *Le Voile* n'est qu'une escapade temporaire, sans portée permanente ni maladive. Car si Jane Scott, dans *Bruges-la-Morte*, est bel et bien une femme fatale, la béguine du *Voile* ne l'est évidemment pas de la même façon; mais elle représente «le pouvoir fascinant du mystère, de l'abscons» (Laude, p.117), une tentation malsaine, celle de l'amour interdit, où le sacré et le profane sont étroitement liés. En ceci, la pièce n'est pas sans parenté avec la *Salomé* d'Oscar Wilde, publiée en 1893.[34] De toute façon, les deux pièces s'insèrent sans difficulté dans l'esthétique du décadentisme.

Quant à l'aspect dramatique du *Voile*, il est des plus minces, mais voilà sans doute encore un signe de son symbolisme foncier. Car si la situation de Jean vis-à-vis de la béguine risque de tourner au drame, la séduction n'a pas lieu: c'est une suggestion sans suite, rien qu'une possibilité, une absence. Pour paraphraser Mallarmé, c'est non l'acte, mais l'effet qu'il pourrait produire. Les deux morts de la fin de la pièce sont donc pareillement invisibles: celle de la tante, à cause de son absence totale, et celle de l'obsession de Jean, qui n'a existé qu'en tant qu'idée. A ceci il faut également ajouter la ville morte: Bruges, qui n'est perceptible que par des sons de cloche et de pluie.

Il en est de même du discours en général, où Jean, dans ses propos, a tendance à suivre un mouvement de méditation métaphysique à partir de données immédiates et concrètes. Et le fait que Rodenbach ait choisi d'écrire son drame en vers aide énormément à souligner ce mouvement qui trouve son origine dans la banalité de la vie de tous les jours. Les vers atténuent la vulgarité potentielle du thème central, en lui conférant un langage lyrique qui l'élève rapidement à un niveau supérieur, presque hiératique. Mais en même temps, la formalité de l'expression poétique renforce les valeurs traditionnelles brugeoises suggérées par les sons de cloche: la forme *ne varietur* de l'alexandrin permet certes une poétisation de la pensée de Jean, mais elle souligne aussi l'omniprésence d'une

---

33 Paul Gorceix (s'inspirant de Bachelard) voit dans cette obsession des cheveux dans *Bruges-la-Morte* une «ophélisation» de la ville. Voir P. Gorceix, *Réalités flamandes et symbolisme fantastique. «Bruges-la-Morte» et «Le Carillonneur» de Georges Rodenbach* (Paris, Archives des Lettres Modernes, 1992), pp. 38-42.

34 Créée au Théâtre de l'Œuvre le 11 février 1896: voir Richard Ellmann, *Oscar Wilde* (Harmondsworth, Penguin, 1987), p. 466.

philosophie sociale conformiste et immuable. Dualisme typiquement rodenbachien.

* * *

Le Mirage

Notre présentation du *Mirage* sera nécessairement autre, et moins complète, que celle que nous avons pu consacrer au *Voile*. Ceci pour deux raisons: d'abord, parce que cette pièce est l'adaptation d'une œuvre préexistante — *Bruges-la-Morte* — dont elle garde l'essentiel; mais surtout parce que Rodenbach est mort avant de pouvoir faire monter la pièce au théâtre. Sa publication est en effet posthume.[35] Si les Archives et Musée de la Littérature en conservent un manuscrit partiel,[36] nous ne disposons pas des nombreux documents que nous avons pu utiliser pour notre étude du *Voile*. Lacune sans grande importance peut-être, car ce qui fascine ici, c'est la transformation théâtrale effectuée par Rodenbach à partir de données romanesques déjà fort connues. Bref, du point de vue technique, l'auteur se trouvait confronté à la nécessité d'extérioriser une action qui, dans le roman, était tout interne.

La répartition de l'action en quatre actes reflète assez bien l'alternance de scènes d'intérieur et de scènes d'extérieur qui scande le roman. Mais on constate une absence relative de ces scènes «atmosphériques» qui foisonnent dans le roman: les méditations de Hugues Viane qui rôde le long des quais brumeux de Bruges ne se prêtent guère à une transposition théâtrale (seul, le troisième acte y est consacré). Ses visites dans les églises de la ville sont également supprimées. En ce qui concerne le déroulement de l'action, il est plus ou moins le même dans le roman et dans le drame, mais la fonction d'explication et d'interprétation du narrateur est assumée par les dialogues de personnages. D'où l'importance accrue de Sœur Rosalie, par exemple, ou l'invention d'un personnage totalement nouveau.

Quant aux changements effectués dans la distribution, on les notera en comparant les colonnes de la table suivante:

---

35 *La Revue de Paris*, 1er avril 1900, pp. 445-490. Reprise en volume: Paris, Ollendorff, 1901. Le titre de la pièce est emprunté à une expression qui se trouve au chapitre V du roman: «Tout ce qu'il désirait, c'était pouvoir éterniser le leurre de ce mirage» (p. 43).

36 M.L.3016/1. Ce dossier contient aussi la totalité du manuscrit de *Bruges-la-Morte*. Seules les pages 23 à 77 du manuscrit du *Mirage* y figurent. Ce manuscrit a été utilisé pour l'impression: pagination et indications au crayon bleu, d'une main différente de celle de Rodenbach, semblent le prouver.

Bruges-la-Morte	*Le Mirage*
Hugues Viane	Hughes
Barbe	Barbe
Sœur Rosalie	Sœur Rosalie
Jane Scott	Jane
	Geneviève
	Joris Borluut

Cette liste exige quelques précisions et explications.

— Hughes. C'est bien l'orthographe de Rodenbach. Bien que l'édition de *La Revue de Paris* donne la leçon «Hugues», on lit partout dans le manuscrit «Hughes», et, pour l'édition en volume, Charles Guérin,[37] qui en a corrigé les épreuves, rétablit ce qui était manifestement l'intention de Rodenbach. Il écrit à la veuve de l'auteur:

> Madame, Je vous envoie les épreuves du «Mirage» corrigées. Je voudrais qu'on me les renvoyât en même temps que les secondes pour voir si on a bien exécuté toutes les corrections. C'est bien «Hughes», n'est-ce pas? J'ai fait très attention à remettre l'h partout.[38]

On saisit mal la raison pour laquelle Rodenbach a cru bon de changer le nom primitif. La graphie gh est peut-être une réminiscence de l'ancien flamand qui subsiste dans quelques noms modernes: Van Lerberghe, van den Berghe, Seghers...

— Geneviève. L'apparition au troisième acte de la femme morte de Hughes n'est pas simplement un coup de théâtre spectaculaire; elle répond aussi à une certaine logique. Dans *Bruges-la-Morte*, la défunte est constamment présente à l'esprit de Hugues Viane, à tel point que cette obsession finit par prendre des dimensions presque physiques. Dans la pièce, l'obsession mentale est traduite et rendue palpable pour le spectateur par cette apparition spectrale, avec laquelle Hughes peut converser — d'où la nécessité d'inventer un nom (dans le roman, la morte est anonyme). Autre logique: l'opéra où figure Jane, et dans le roman et dans la pièce, est *Robert le Diable*, de Meyerbeer, qui comprend une scène célèbre de résurrection de religieuses mortes. En faisant l'adaptation,

---

[37] Il s'agit du poète symboliste. En 1894, Rodenbach avait écrit une préface pour ses *Joies grises*, le premier des deux volumes de *L'Agonie du soleil* (Paris, Ollendorff, 1894-95).

[38] Lettre inédite de Charles Guérin à Madame A. Rodenbach (sans date, mais certainement de 1900-1901). Archives et Musée de la Littérature, M.L.3038/64.

Rodenbach ne pouvait pas ne pas saisir l'occasion qui se présentait quasiment d'elle-même. Est-ce que les rôles de Jane et de Geneviève peuvent être tenus par la même actrice? C'est techniquement possible: dans son opéra basé sur *Le Mirage*, Korngold en tire des effets remarquables (voir plus loin).

— Joris Borluut. C'est la grande innovation du *Mirage*, car elle permet, dans de multiples dialogues avec Hughes, l'articulation des pensées intimes. Une grande partie de l'extériorisation de la vie intérieure du roman lui est donc attribuable.[39] Mais Borluut n'est pas un personnage neutre, il possède sa propre personnalité, dont l'aspect le plus frappant est sans doute visible dans son affaire clandestine avec Jane, accentuant ainsi la coquetterie de cette dernière et la rendant plus proche de Hughes que ne le font les indications très générales du roman.[40] Mais il y a plus: Joris Borluut, c'est le nom du personnage principal du *Carillonneur*, roman que Rodenbach avait publié en 1897, c'est-à-dire après *Bruges-la-Morte*, mais avant la présente adaptation. Or, dans *Le Carillonneur*, Borluut est architecte et carillonneur de la ville de Bruges (dans *Le Mirage*, il est peintre); mais lui aussi, dans sa vie privée, est infidèle à sa femme, et mène une affaire désastreuse avec sa belle-sœur. Il finira par se pendre à la grande cloche du beffroi. Autre scénario, même résultat catastrophique: les deux Joris Borluut, dans leur intertextualité, produisent des interférences d'une portée dramatique considérable.

* * *

Bien que Rodenbach n'ait pu monter *Le Mirage* à la scène ni en France, ni en Belgique, la pièce a connu un certain succès — considérable même, on le verra — grâce à des événements imprévisibles à l'époque de sa publication. Une traduction allemande, due à Siegfried Trebitsch, est publiée en 1902, accompagnée d'une traduction du *Voile*.[41] Elle est jouée au Deutsches Theater de Berlin en septembre 1903, «sans succès

---

39 Par exemple, «A l'épouse morte devait correspondre une ville morte» (*Bruges-la-Morte*, p. 25) et «Le démon de l'Analogie se jouait de lui!» (p. 39). Ces phrases sont reprises, intactes ou légèrement variées, dans l'acte I scène IV du *Mirage*. Il y en a beaucoup d'autres.

40 «Hugues n'était plus dupe; il avait surpris des mensonges chez Jane, rejointoyé des indices; il fut bientôt éclairé tout à fait quand plurent chez lui, selon une habitude en ces villes de province, les lettres, les cartes anonymes pleines d'injures, d'ironies, de détails sur les tromperies, les désordres qu'il avait déjà soupçonnés... On lui donnait des noms, des preuves.» (*Bruges-la-Morte*, p. 86.)

41 Voir Maes, p. 289.

appréciable», selon Maes.[42] La pièce semble destinée à disparaître sans traces.

Mais voici qu'une bonne dizaine d'années plus tard, le jeune compositeur viennois Erich Wolfgang Korngold décide d'écrire un opéra basé sur la traduction allemande du *Mirage*. L'adaptation en est faite par Korngold lui-même, avec l'aide de son père; le livret ainsi confectionné est signé «Paul Schott» (pseudonyme qui réunit le nom du protagoniste de l'opéra et celui de son éditeur musical). Créée simultanément à Hambourg et à Cologne, le 4 décembre 1920, *Die tote Stadt* connaît un énorme succès à travers l'Europe, ne disparaissant des salles d'opéra qu'au cours des années trente, sous la montée du fascisme: on sait que Korngold a dû émigrer, pour devenir célèbre à Hollywood. Récemment, la musique «sérieuse» de Korngold a connu une renaissance considérable, avec de nombreux concerts et enregistrements. *Die tote Stadt* est du nombre de ceux-ci, notamment dans une version dirigée par Erich Leinsdorf (RCA, 1975); elle a également été jouée un peu partout en Europe et en Amérique.[43]

Die tote Stadt est encore plus distante de *Die stille Stadt / Le Mirage* que cette pièce ne l'était de *Bruges-la-Morte*. Chaque personnage reçoit un nom nouveau: Hughes devient Paul; Jane, Marietta; Geneviève, Marie; Joris Borluut, Frank; Barbe, Brigitta. Des membres de la troupe de Jane/Marietta paraissent également. Au lieu de quatre actes, l'action en comprend trois. Mais le changement le plus spectaculaire réside dans le fait que Korngold présente la plus grande partie du drame, y compris le meurtre, comme un mauvais rêve, dont Paul s'éveille à la fin de l'opéra, pour retrouver une vie stable et sans blâme. Bien qu'il soit permis de regretter ce bouleversement du sens de l'original, il y a des compensations musicales: lors de la parution de la troupe de danseurs, Korngold se permet une citation directe de *Robert le Diable*; et le double rôle de Marietta/Marie semble conçu pour mettre à l'épreuve la virtuosité des meilleures cantatrices.

En changeant deux fois de genre artistique, *Bruges-la-Morte* se trouve ici transformée en un avatar quelque peu surprenant; mais la fécondité avec laquelle ce changement a été effectué en dit long sur la profondeur et la persistance du monde imaginaire que Rodenbach a créé.

---

42 *Die stille Stadt; Der Schleier*. Vienne, Wiener Verlag, 1902. De plus amples détails concernant ce texte et son histoire ultérieure sont donnés dans Philip Mosley, *Georges Rodenbach: Critical Essays* (Madison/London, Associated University Presses, 1996), pp. 190-94.

43 De tous ces détails, je suis redevable à Mosley, op. cit.

Pourquoi étudier aujourd'hui le théâtre de Rodenbach? Après tout, il ne peut rivaliser avec le maître incontesté du théâtre symboliste belge qu'est Maeterlinck. Néanmoins, ces pièces nous montrent des facettes inattendues d'un auteur qu'on croyait connaître dans son entier. Plus expérimenté dans les domaines du roman et de la poésie, Rodenbach semble avoir montré le besoin, et justement au cours de ses années de maturité, de retravailler ses préoccupations thématiques dans un genre nouveau pour lui. Le chantre de Bruges avait construit un «univers de l'entre-deux, observatoire privilégié du ciel intérieur»,[44] tout un petit monde facilement reconnaissable et qui n'est qu'à lui. Et ce monde, il le présente maintenant au théâtre, où nous assistons à l'incarnation d'un va-et-vient perpétuel entre ce qui est vieux et vénérable et ce qui est moderne et transitoire. On ne saurait étudier le symbolisme belge sans se pencher sur *Bruges-la-Morte*. Or, Rodenbach n'est plus l'auteur de ce seul roman: ces dernières années, on a redécouvert sa poésie, ses contes et ses autres romans. Le temps est venu de redécouvrir son théâtre.

LE TEXTE

A défaut de manuscrits complets, cette publication reprend le texte des premières éditions: pour *Le Voile*, celui de l'éditon Ollendorff de 1897; pour *Le Mirage*, celui de la *Revue de Paris* de 1900. Toutefois, deux mauvaises leçons de cette dernière édition sont corrigées (Borluut au lieu de Borlunt; Hughes au lieu de Hugues). Ces corrections avaient déjà été faites pour l'édition Ollendorff de 1901. D'autres changements (deux ou trois seulement) figurent entre crochets droits.

44 Berg dans *Bruges-la-Morte*, p. 134.

BIBLIOGRAPHIE SOMMAIRE

LIVRES ET ARTICLES

Alphabet des lettres belges de langue française. Bruxelles, Association pour la promotion des lettres belges de langue française, 1982.

ANGELET, C. "*Bruges-la-Morte* et ses contextes: Maupassant, Huysmans et Mallarmé chez Rodenbach," à paraître dans A. Lorant, éd. *Littérature comparée: théorie et pratique*. Paris, Champion-Slatkine.

Autour de Lévy-Dhurmer: Visionnaires et Intimistes en 1900. Paris, Editions des Musées Nationaux, 1973.

BERG, C. "Le Lorgnon de Schopenhauer. Les Symbolistes belges et les impostures du réel", *Cahiers de l'Association Internationale des Etudes Françaises*, no.34 (mai 1982), pp. 119-35.

BODSON-THOMAS, A. *L'Esthétique de Georges Rodenbach*. Liège, H. Vaillant-Carmanne, S.A., Impr. de l'Académie, 1942.

DECAUDIN, M. "Symbolisme en Belgique ou Symbolisme belge?", *Cahiers de l'Association Internationale des Etudes Françaises*, no. 34 (mai 1982), pp. 109-17.

DE GREVE, C. *Georges Rodenbach: "Bruges-la-Morte"*. Bruxelles, Labor, 1987.

DOUMIC, R. "Revue dramatique", *Revue des deux mondes*, 15 juin 1894, pp. 703-707.

DRAGUET, M. *Khnopff ou l'ambigu poétique*. [Bruxelles], Snoek-Ducaju/Crédit Commercial, 1995.

ELLMANN, R. *Oscar Wilde*. Harmondsworth, Penguin, 1987.

Georges Le Brun. Köln, Belgisches Haus, 1981.

GORCEIX, P. *Réalités flamandes et symbolisme fantastique. "Bruges-la-Morte" et "Le Carillonneur" de Georges Rodenbach*. Paris, Archives des Lettres Modernes, 1992.

_________. *Le Symbolisme en Belgique: Etude de textes*. Heidelberg, C. Winter, 1982.

LAUDE, P. *Rodenbach: Les Décors du silence*. Bruxelles, Labor, 1990.

LEGRAND, F.-C. *Le Symbolisme en Belgique*. Bruxelles, Laconti, 1971.

MAES, P. *Georges Rodenbach*. Gembloux, Duculot, 1952.

MAETERLINCK, M., trad. *L'Ornement des noces spirituelles de Ruysbroek l'Admirable*. Bruxelles, Editions Les Eperonniers, 1990.

_________. *Théâtre*. 3 vols. Paris, Lacomblez, 1911.

_________. *Le Trésor des humbles*. Paris, Mercure de France, 1896.

MALLARME, S., éd. H. Mondor et L.J. Austin. *Correspondance*, X. Paris, Gallimard, 1984.

MOSLEY, P. *Georges Rodenbach: Critical Essays*. Madison/London, Associated University Presses, 1996.

NOVALIS, F. *Fragments; Les Disciples à Saïs*, trad. M. Maeterlinck. Paris, Corti, 1992.

Paris-Bruxelles, Bruxelles-Paris. Paris, Réunion des Musées Nationaux; Anvers, Fonds Mercator, 1997.

PAQUE, J. *Le Symbolisme belge*. Bruxelles, Labor, 1989.

RODENBACH, G. "Amour en nuances", *Epîtres* (Gand), XVII, fasc. 23 (novembre 1948), pp. 153-58. Publié pour la première fois dans le *Gil Blas* de décembre 1888.

_________, éd. C Berg. *Bruges-la-Morte*. Bruxelles, Labor, 1986.

________. "Le Mirage", *La Revue de Paris*, 1er avril 1900, pp. 445-490.

________. *Le Mirage*. Paris, Ollendorff, 1901.

________. *Le Rouet des brumes*. Biarritz, Ségnier, 1997.

________. *Le Voile*. Paris, Ollendorff, 1897.

RUCHON, F. *L'Amitié de Stéphane Mallarmé et de Georges Rodenbach*. Genève, Pierre Cailler, 1949.

SAMAIN, A. *Des Lettres, 1887-1900*. Paris, Mercure de France, 1933.

STALLAERT, M.-J. "Levenloze voorwerpen", *De facto* (Bruxelles), no. 9 (juillet 1995), pp. 91-95.

VAN LERBERGHE, C. *Les Flaireurs*, in *Deux pièces symbolistes*, éd. J. Whistle. Exeter, University of Exeter, 1976.

VERHAEREN, E. *Ecrits sur l'art*. 2 vols. Bruxelles, Labor, 1997.

William Degouve de Nuncques et les intimistes verviétois. Liège, Crédit Communal, 1990.

MANUSCRITS ET COUPURE DE PRESSE

Lettre d'A. Dumas *fils* à Rodenbach, s.d. Archives et Musée de la Littérature [Bruxelles], M.L.3036/64.

Coupure de presse du *Gaulois* de février 1893. Archives et Musée de la Littérature, M.L.3052/2.

Manuscrit partiel du *Mirage*. Archives et Musée de la Littérature, M.L.3016/1.

Lettre de C. Guérin à Madame A. Rodenbach, s.d. Archives et Musée de la Littérature, M.L.3038/64.

LE VOILE

PERSONNAGES

JEAN.
LE MEDECIN.
SŒUR GUDULE.
BARBE.

La scène se passe à Bruges, de nos jours.

SCENE PREMIERE

Une vaste salle à manger. Haut plafond; longs rideaux, à plis droits, et blancs, aux deux fenêtres. Sur le mur une vieille horloge à armoire de chêne. Trois portes: une dans le fond, qui ouvre sur le corridor et la rue; une, à gauche, vers le jardin; une, à droite, restant ouverte donne sur les chambres à coucher. Au centre, une table dressée; deux couverts. Des lampes. Un feu de charbon dans l'âtre.
(Au lever du rideau, on entend une cloche voisine qui tinte doucement.)

BARBE, *qui achève de mettre le couvert...*

Est-ce bien tout? voyons: les verres, les couverts,
La lampe... oui! la carafe où l'eau rit au travers!
Je ne sais aujourd'hui ce que j'ai; je m'ennuie
De tout; et sans répit la cloche, cette pluie
5 Sur les vitres; vraiment je ne sais ce que j'ai!
Je me semble être ailleurs; tout me paraît changé,
Ah! c'est que la maison n'a plus même visage;
Et c'est elle qui me trouble d'un noir présage
Que la cloche voisine en ses sons délaya.
10 C'est triste une maison dans laquelle il y a
Un malade, surtout quand elle est aussi proche
D'une église qui vous obsède avec sa cloche.
Ah! ma pauvre maîtresse! Et comme c'était mieux
Quand, malgré tant d'hivers ayant fané ses yeux,
(La cloche se tait.)
15 Très vieille, mais valide encore, c'était elle
Qui gardait la maison sous sa bonne tutelle!
Désormais pour toujours elle gît dans son lit
Comme étrangère et par avance elle pâlit,
De plus en plus de la couleur qu'elle aura morte.
20 Quel ennui! Maintenant il faut que je supporte
L'autorité de la béguine, cette sœur
Gudule, qui la soigne et n'agit qu'en douceur.
Pourtant elle me trouble avec sa voix égale
Où rien d'humain, rien de vivant ne s'intercale.
25 Ah! comme j'aimais mieux la maison d'autrefois
Au lieu de la béguine et de sa froide voix,

Voix qui parle comme regarde une statue!
N'importe! Il faut qu'à ses façons je m'habitue;
C'est elle maintenant qui régit la maison;
30 Mon maître l'autorise... elle a toujours raison...
Mais pourquoi donc, jadis, silencieux, morose,
Le vois-je qui s'égaye avec elle, qui cause;
Ils s'attardent à deux, le soir au coin du feu,
Et de la vieille tante on s'inquiète peu.
35 C'est elle cependant qui l'éleva... C'est triste
Que tous ces vieux garçons aient le cœur égoïste!
Quoi qu'il en soit, depuis que la sœur est ici,
Lui taciturne, lui misanthrope et transi,
Est autre — et l'on dirait une âme qui dégèle!
40 Qu'est-il donc arrivé? pour sûr, ce n'est pas elle
Qui le dégèle avec sa voix de glace. Mais
J'étais ainsi dans ma jeunesse quand j'aimais!
Il a donc un amour commençant...

SCENE II

BARBE, La Sœur GUDULE, *apparaît par la porte de gauche, tenant une grosse gerbe de chrysanthèmes*.

BARBE, *à part*.

Sœur Gudule...

Elle ne marche pas; on dirait qu'elle ondule...

LA SŒUR

45 Barbe?

BARBE

Ma sœur?

LA SŒUR

Donnez-moi donc un vase. J'ai
Cueilli vite ces fleurs, en bouquet abrégé;
Car il pleut; tout le ciel s'effiloche en bruines...
Et les fleurs étaient si seules. Des orphelines,

Eût-on dit. Elles vont ici bien se sécher
50 En écoutant chanter la cloche du clocher.

BARBE

Que dira monsieur Jean?

LA SŒUR

Je les ai moins cueillies
Ces pauvres fleurs, semblant souffrir, que recueillies!
Et maintenant, sous la lampe, trempant dans l'eau
Voici que mon bouquet s'élargit en halo
55 Et combine sa joie avec la nappe mise.
On peut aimer les fleurs. C'est une joie admise,
Et même sous le voile un amour anodin.
(Regardant les fleurs d'un air extasié.)
Celles-ci sont les survivantes du jardin!
Les tristes, les frileux chrysanthèmes d'automne,
60 Les pénultièmes fleurs, d'un vieil or de couronne,
Couronne de l'été défunt se dédorant,
Bouquet né dans l'adieu qui fleurit en pleurant,
Fleurs pensives comme une enfance condamnée,
O vous les fleurs de la vieillesse de l'Année!

BARBE

65 Vous aimez tant les fleurs?

LA SŒUR

N'ai-je donc pas raison,
Et de les secourir dans leur effeuillaison,
Frêle bouquet tardif à la vie éphémère;
C'est comme une façon pour nous d'être un peu mère
Car les fleurs ont le goût frais des bouches d'enfant.

BARBE

70 Auriez-vous le regret quelquefois au couvent
Du monde quitté?

LA SŒUR

Non! notre ordre est peu sévère,
Et la règle nous met comme derrière un verre

D'où le monde nous est visible mais fermé.

BARBE

Moi je n'aurais pas pu, je n'aurais pas aimé
75 Etre religieuse, entrer au béguinage,
Rien que pour cette loi, dure même à mon âge,
De livrer ses cheveux, de laisser les ciseaux
En moissonner la gerbe avec le froid des faulx.
On doit, pour s'y résoudre, avoir une foi forte!
80 Car nos cheveux, c'est nous... et c'est presque être morte
Que de sentir qu'on vous les coupe — comme aux morts!

LA SŒUR

Pourtant, j'aurais donné tous les miens sans remords!
Mais nous, qu'aucun lien perpétuel ne lie,
Nous ne connaissons pas cette mélancolie;
85 Et, puisqu'ils sont toujours temporaires, nos vœux,
Nous conservons sous la cornette nos cheveux
Couvés par cet oiseau de linge qui surplombe
Comme le Saint-Esprit en forme de colombe...
Tel est le règlement des Béguines.

BARBE

Vraiment?
90 Et votre chevelure, ample secrètement,
Vous l'avez gardée?

LA SŒUR

Oui! toute, quoique inutile;
On n'y renonce pas tout à fait; on l'exile...

BARBE, *qui s'est rapprochée.*

Mais, ma sœur, en causant, nous risquons d'oublier
La malade qui dort et peut se réveiller;
95 Ne nous semble-t-il pas prudent qu'on s'en enquière,
Et d'égayer sa chambre avec de la lumière?
Car vous savez son trouble, aux atteintes du soir,
Et son angoisse...

LA SŒUR

Oui! les vieilles ont peur du noir;
Elles sont comme les enfants; et semblent lasses
100 D'avoir vu le jour clair en fuite dans les glaces...

BARBE

Et puis, outre son sûr et tiède réconfort,
On dit que la lumière arrête un peu la mort.

LA SŒUR

Ce n'est pas pour si peu que la mort s'inquiète!
Elle vient pour tous, à toute heure. Elle empiète
105 Sur notre vie avec son ombre de demain!
Elle est celle qui tue et qu'on sent en chemin.
Et vous croyez qu'un peu de clarté l'apprivoise?
Ah! ma fille! c'est bien d'une âme villageoise.
Pourtant, puisque le soir, comme vous l'observiez,
110 Pour la malade est un jardin des Oliviers
Et semble lui tresser des épines aux tempes,
J'irai la rassurer en allumant des lampes.

SCENE III

BARBE

Toujours elle m'enjôle avec sa voix de ciel!
Pourtant je trouve mal et préjudiciel
115 Qu'elle me traite ainsi comme une paysanne;
Car si je suis trop simple, elle, elle est trop profane;
Elle est coquette, au fond, malgré ses airs dévots,
Malgré son chapelet roulant des écheveaux
De prières autour de ses mains en ivoire!
120 Ce n'est pas tout d'avoir cornette et robe noire!
Voit-on dans les couvents mettre à table un bouquet?
Tout à l'heure ce soin de sa part me choquait
Comme un sachet trouvé dans du linge de nonne.

(L'heure sonne à la vieille horloge.)

Mais voilà que j'entends du bruit... Sept heures sonne!
125 Oui! c'est mon maître! c'est son pas dans l'escalier

Qu'on reconnaît; il est ponctuel, régulier;
A son train coutumier jamais il ne déroge,
Aussi réglé vraiment que notre vieille horloge,
Ayant comme elle un cœur ancien...

SCENE IV

BARBE, JEAN, *qui pénètre par la porte du fond, tout grelottant, revenant de promenade.*

JEAN

Ah! que c'est bon

130 De rentrer; de sentir la tiédeur du charbon;
D'être comme un absent reconnu par la chambre
Si maternelle. Ah! quel vilain temps de novembre!
Il pleut; et cette pluie en moi descend tout bas.

(S'adressant à Barbe.)

Et la tante?

BARBE

Elle dort; ne la réveillez pas...

JEAN

135 Et sœur Gudule?

BARBE

Elle est près d'elle...

JEAN

Allez lui dire

Qu'on va souper.

(Barbe sort.)

SCENE V

JEAN

Ici je sens tout me sourire!
Au loin, c'est comme si la ville vieillissait;
Il pleut; on veut sortir quand même; on croit que c'est
Pour chercher de la joie au dehors, se distraire;
140 Mais on sent en rentrant que c'était au contraire
Afin d'aimer son vieux logis, pour aimer mieux
Ses vieux meubles, et les lampes comme des yeux
Vous accueillant parmi les chambres quotidiennes,
Et les glaces qui sont les fidèles gardiennes
145 Des visages de tant de morts qui s'y sont vus!
Et moi-même je m'y retrouve en traits confus
Quand je reviens. Et mon visage aussi s'y garde;
C'est vraiment comme un autre moi qui me regarde!
(Apercevant les chrysanthèmes sur la table.)
Tiens! un bouquet! comme à la fête de quelqu'un!
150 Mais ce bouquet est triste. Il n'a pas de parfum.
Bouquet d'automne; il est tout à la ressemblance
De la maison qui s'est close dans du silence.
On ne souhaite plus de fête ici, depuis
Que dorment les parents dans un jardin de buis,
155 Et depuis que la tante est malade et décline...
Ces bouquets, c'est la sœur Gudule, j'imagine,
Qui les cueille. Elle cherche à faire heureux ici.
Elle est bonne. Elle a mis des fleurs dans mon souci,
Et dans ma solitude un doux frisson de robe.
160 Mais elle trouble avec sa coiffe qui dérobe
Ses cheveux dont aucun n'aura su la couleur...

SCENE VI

JEAN, LA SŒUR GUDULE, *entre par la porte de droite. BARBE apporte les mets par la porte du fond.*

LA SŒUR

Vous voilà, monsieur Jean, bonsoir!

JEAN

Bonsoir, ma sœur.

Je voudrais aller voir la tante, mais je n'ose;
Barbe m'a dit qu'elle dormait.

LA SŒUR

Elle repose.

165 Il vaut mieux la laisser tranquille.

JEAN

Oui! c'est l'oubli!

Le sommeil fait de l'âme une eau neuve et sans pli.
Pauvre tante! Elle fut si bonne à mon enfance!
Et, de la voir ainsi malade et sans défense
Contre la mort qui n'est plus loin, mon cœur se fend;
170 Et je me sens soudain comme un peu son enfant!

LA SŒUR

Vous rentrez tôt?

JEAN

Il pleut; la bise est meurtrière.

(D'un air d'oublier.)

Soupons!

(Ils s'approchent de la table.)

LA SŒUR

Comme un païen? sans un bout de prière?
Rien qu'un signe de croix, pour moi, pour m'obliger;
Pour n'avoir pas l'air d'être avec un étranger.

JEAN, *s'asseyant et faisant un signe de croix.*

175 Puisque vous le voulez...

LA SŒUR

Oui! quand on vit ensemble
Il est meilleur pour tous les deux qu'on se ressemble!

(Barbe, ayant servi, sort.)

(La cloche sonne trois fois les trois coups de l'angélus.)

SCENE VII

JEAN, LA SŒUR

JEAN

C'est drôle, cette vie: ainsi nous côtoyer!
Vous et moi, nous n'avons ni n'aurons de foyer
Et pourtant notre vie est quasi conjugale.
180 C'est comme un long canal dont, à distance égale,
S'allongeraient les quais de pierre. L'eau les joint
Et semble amalgamer leurs reflets en un point,
Mais leur mirage seul se mêle à la surface;
Ils vivent séparés, en étant face à face!
185 Ainsi nous. Et pourtant ce n'est pas sans douceur;
Et quel charme il y a de vous dire: «ma sœur!»

LA SŒUR

Je vous suis une sœur en notre sainte Mère
L'Eglise.

JEAN

Oui! mais en outre une sœur ordinaire,
Une sœur d'amitié, presque une sœur de sang;
190 Une sœur retrouvée après qu'on fut absent
Et qui parle d'anciens jouets qu'on eût ensemble.

LA SŒUR

Et pourtant quel hasard éphémère rassemble,
Pour un moment, nos deux existences ici!

(Remarquant que Jean a frissonné.)
Vous tremblez! on dirait que vous êtes transi.

JEAN

195 Oui! j'ai froid! on entend la pluie. Elle me cingle
A travers les carreaux frêles. Elle m'épingle
Toute l'âme! Et puis vous êtes pour une part
Dans mon frisson. Pourquoi parlez-vous de départ?
L'hypothèse est lointaine; il vaut mieux qu'on l'élude.
200 Car je suis pris à la déjà longue habitude
De vivre en la maison côte à côte avec vous
Et, de n'être plus seul, je trouve tout plus doux!
Mais comme c'est étrange! une religieuse,
Moi, comme un veuf, d'humeur noire contagieuse,
205 Qui s'en viennent du fond de la vie au-devant
L'un de l'autre, sans se connaître auparavant.
Nous nous sommes encore inconnus, anonymes;
Et pourtant nous vivons en commun. Nous nous mîmes
A rapprocher pour un moment nos célibats;
210 A vivre à deux près de la tante en parlant bas,
Comme vivrait un frère avec sa sœur jumelle
Ou deux époux, dans la demeure paternelle!
Pourtant je ne sais rien de vous...

LA SŒUR

Vous en savez
Assez.

JEAN

Et ce mystère en vos grands yeux levés,
215 Ce mystère d'une eau trop profonde et placide
Où nul visage en s'y penchant ne s'élucide...

LA SŒUR

Mais ils sont le miroir de Jésus.

JEAN

Miroir froid,
Où, malgré moi, je me contemple avec effroi;

Froid comme la cornette en givre qui capture
220 Tout hermétique votre éparse chevelure;
Pourquoi tant de mystère aussi sur vos cheveux,
Et si bien les cacher sous ces linges frileux
N'en laissant même pas soupçonner la nuance?
Sont-ils trop blonds pour que si peu s'en influence
225 La coiffe aux reflets mats d'un unanime blanc.
Sont-ils noirs, roux, châtains? C'est pour moi si troublant
De ne pas le savoir et que je les suppose
Tantôt pâles, tantôt sombres...

LA SŒUR

Ma coiffe est close,
Et mes cheveux sont pour toujours sous le boisseau.

JEAN

230 Soit! dites-moi du moins comment fut le flambeau.
C'est une obsession absurde, mais j'aspire
A le savoir. Ne pas le savoir est le pire,
Et je m'irrite à ce mystère puéril.
Pour me tranquilliser, peut-être suffit-il
235 De m'avouer enfin la couleur.

LA SŒUR

Je l'ignore.
Quand je me vêts, c'est le demi-jour de l'aurore,
Et quand je me dévêts, le demi-jour du soir.

JEAN

Dites-moi! je voudrais, non les voir, mais savoir;
Ne plus douter, connaître enfin leur teinte vraie
240 Dont le mystère autant m'occupe que m'effraie.

LA SŒUR

A moi-même ils me sont mystérieux; et j'ai
Le souvenir d'anciens cheveux dont j'ai changé...
Que vous importe! Et puis c'est l'immodestie!
Cette coiffe à plis stricts dont je suis investie
245 Comme un vin qu'on exile a scellé mes cheveux.

JEAN

Dites-moi, ce n'est nul manquement à vos vœux.

LA SŒUR, *quittant la table, debout.*

Non; seul Jésus le sait; et, seul, il pourrait boire
Leur nuance de vin dans son divin ciboire.

(Et elle va s'asseoir vers la cheminée, recommençant à travailler à son carreau de dentellière.)

JEAN

Ah! quelle foi sévère! Et vous avez vraiment
250 Trop de scrupules! C'est trop de renoncement!
Dieu ne veut pas qu'en ces refus vous soyez close.
Est-ce qu'on enfouit dans la neige une rose?
Et le calme! n'avoir que la peur du démon;
Et ce désintérêt! quitter même son nom,
255 Car chacune on vous nomme avec un nom de sainte!

LA SŒUR

C'est comme si déjà nous étions dans l'enceinte
Du paradis, auprès des saints et des élus
Familiers avec les femmes que l'on n'est plus.

JEAN

Oui! vous êtes déjà comme un peu mortes!

LA SŒUR

Comme
260 Au ciel!

JEAN

Et sans jamais quelque regret de l'homme?
Le regret des enfants que vous n'avez pas eus?
N'est-ce pas d'eux que vous êtes en deuil?

LA SŒUR

Jésus
Est notre époux; et si notre tunique est noire,
C'est afin que notre âme y brille mieux. La gloire

265 De la lune ne luit d'un éclat vraiment pur
Que quand elle a monté parmi le ciel obscur!

JEAN

Donc je n'obtiendrai rien! Ah! vous êtes méchante!
Pourtant éclaircissez le secret qui me hante,
Je n'y penserai plus... Ils sont roux?

LA SŒUR

Laissez-moi!

270 Car je ne comprends pas, sinon par mon émoi,
Ce que vous demandez et qui semble coupable
Comme un commencement de péché.

JEAN

Moi capable

De vous troubler, de vous susciter un remords,
Oh! ma sœur.

LA SŒUR

Pourtant il me semble que j'ai tort,

275 Quand vous parlez ainsi, d'un peu trop m'y complaire;
Et je sens sur mon cœur trembler mon scapulaire,
Comme si vous manquiez au respect qui m'est dû.

(A ces dernières paroles, la sonnette de la rue résonne, dans le sommeil de la demeure.)

JEAN, *d'un air soudain bouleversé.*

On a sonné!... ma sœur, avez-vous entendu?
Nous étions trop heureux... c'est mon malheur qui sonne.

LA SŒUR

280 Vous errez. On n'a pas sonné. Ce n'est personne.
Qui donc viendrait à cette heure? Le corridor
Est toujours un chemin de silence qui dort.

SCENE VIII

BARBE, *entre-bâillant la porte du fond.*

Le médecin, monsieur.

JEAN, *interloqué.*

Ah! mais c'est insolite!

(A la servante.)

Faites entrer... Pourquoi, ce soir, cette visite?

285 C'est mon malheur, ma sœur, qui tantôt a sonné!

SCENE IX

LE MEDECIN, JEAN, LA SŒUR

JEAN, *se levant.*

Docteur!

LE MEDECIN

Bonsoir, ami! vous êtes étonné?

Je passais. J'ai voulu venir une minute
Voir la malade.

JEAN, *inquiet.*

Elle est moins bien?

LE MEDECIN

Non! Elle lutte

Avec courage. *(D'un air détaché.)* Il fait un affreux temps d'hiver.

LA SŒUR, *se lève aussi et s'acheminant d'un pas lent vers la chambre à coucher.*

290 Je m'en vais prévenir Madame.

(Elle sort.)

SCENE X

LE MEDECIN, JEAN

LE MEDECIN, *l'air narquois.*
Elle a grand air!

JEAN
N'est-ce pas? l'air gothique un peu; l'air d'une sainte
Descendue un matin d'une verrière peinte.

LE MEDECIN
Elle est exquise; et vous voilà tous deux vivant
Dans ce calme logis comme dans un couvent,
295 Vous, presque un moine; elle, une idéale béguine,
Côte à côte; il faudrait avoir l'âme chagrine
Pour s'en choquer; et c'est charmant en vérité!

JEAN
Ainsi je suis moins seul... c'est un peu de clarté!
C'est une voix en mon silence...

LE MEDECIN
Prenez garde!
300 Dans un péril charmant plus vite on se hasarde...

JEAN
Non! La femme ne m'a jamais troublé qu'un peu
Comme un être de songe au fond d'un brouillard bleu
Et dont je me déprends sitôt que j'en approche...
Peut-être est-ce la faute à la ville, à la cloche,
305 A ces couvents, à ce mysticisme dans l'air!

LE MEDECIN
Oui! mais la chair est faible! Et vous êtes de chair!

JEAN
Sauf que la ville morte est là, qui me modèle;
Elle m'a fait une âme à part, le reflet d'elle,

Et l'eau sans but de ses canaux est dans mon cœur.
310 Ailleurs la cité brûle... Elle est toute langueur!
Elle excite au baiser... elle vous influence...
Mais ici je n'aimai qu'en songe et qu'en nuance
Pour un détail, pour une anomalie ou pour
Quelque chose de tout cérébral dans l'amour:
315 Un geste, un son de voix, des cheveux, un pli rose...
Car sitôt que manquait ce rien qui fut la cause,
La femme brusquement m'était sans intérêt;
Je n'aimais que ce dont mon rêve la parait.

LE MEDECIN

Et justement, avec la sœur du béguinage,
320 C'est un rêve subtil de se croire en ménage
Ici, pendant ce tête-à-tête des repas,
L'air d'être mariés un peu...

JEAN

Ne dites pas
Ces choses-là. Comment fallait-il que je fisse!
C'est l'usage. Les sœurs ne vont pas à l'office.

LE MEDECIN

325 Et vous vous semblez presque un couple sans enfants.

JEAN, *avec vivacité.*

Ah! taisez-vous! Riez si je vous le défends
D'ainsi parler; mais c'est trop mal; c'est sacrilège!

LE MEDECIN

Ce n'est qu'un badinage innocent; mais j'abrège...
Je vais voir la malade.

(Il sort.)

SCENE XI

JEAN

Oui! je me sens moins seul!

330 Jadis, j'avais déjà comme une âme d'aïeul;
La tante était assise ici; c'était sa place...
Morose, vieillissante et sourde, souvent lasse,
L'air de l'autre côté de la vie. Elle était
Presque absente déjà, comme une qui se tait!
335 Moi j'étais seul... Depuis que la sœur est venue,
Mes yeux se sont changés, mon âme n'est plus nue;
Elle n'a plus si peur! Elle n'a plus si froid!
Et quand j'entends son pas qui croît ou qui décroît
Le long de l'escalier tournant de la demeure,
340 Je tremble tout à coup que la tante ne meure
Et que la sœur aussi s'en aille... Oh! que cela
Dure, que cela dure! Elle me consola
D'être seul, de n'avoir jamais eu de jeunesse;
Car j'étais seul; j'étais un homme de tristesse;
345 Je n'avais pas aimé, tandis que maintenant...
Je sens, depuis tantôt, un bonheur imminent!
C'est cet homme, en parlant de nous, qui m'ouvrit l'âme;
J'ai compris que la sœur Gudule est aussi femme!
Il me la dévoilait parmi ses mots brutaux
350 Comme ils font avec leurs malades d'hôpitaux;
Mais il m'a fait voir mieux et plus loin en moi-même.
L'aimé-je? Qu'est-ce aimer? Et quand sait-on qu'on aime?
Que cela dure! Oh! que cela dure!...

SCENE XII

JEAN, SŒUR GUDULE, *arrivant par la droite, de la chambre de la malade.*

JEAN, *anxieux.*

Eh bien?

LA SŒUR

Mal.

Madame va moins bien. Le pouls est anormal;

355 Elle somnole; et plus d'un autre mauvais signe!

JEAN, *effrayé.*

C'est la fin?

LA SŒUR

Oui, peut-être!... il faut qu'on se résigne

A la volonté sainte...

JEAN, *éclatant en sanglots.*

Ah! c'est affreux! La fin!

Pauvre tante! Elle fut si bonne à l'orphelin!

Je n'ai depuis toujours habité qu'avec elle;

360 Elle se voua toute à moi, si maternelle;

Ce fut presque ma mère; elle lui ressemblait,

Dit-on. Ce fut ma mère en double. Il me semblait

Que cela ne dût pas finir... Ah! quel temps est-ce

Quand elle me menait, par la main, à la messe,

365 Tout petit...

(On entend la cloche qui recommence à tinter.)

LA SŒUR

Monsieur Jean, Dieu veille et peut toujours

Renouer d'autres fils aux fuseaux de nos jours!

JEAN

Je le sens dans mon cœur... le dénoûment est proche.

LA SŒUR

Ne désespérez pas.

JEAN

Et toujours cette cloche

Qui m'atteint à travers les vitres et les plis

370 Des rideaux, qui m'ébranle au gré de son roulis

Et fait que je me sens sur une mer d'angoisse!

LA SŒUR

Prions plutôt; c'est la cloche de la paroisse
Qui porte au ciel nos vœux...

JEAN

Je ne peux plus... mon Dieu!

LA SŒUR

Pourquoi, mon bon monsieur, ne pas prier un peu?
375 Il en revient de loin, de bien d'autres misères,
Pour des cierges brûlés, avoir dit des rosaires.

(La cloche se tait.)

La malade n'est pas aux confins du départ.
Du reste, c'est la vie... on s'en va tôt ou tard;
On s'aime, on vit ensemble et puis on se sépare;
380 De deux cierges jumeaux le chandelier se pare;
On est deux brebis sœurs sur le même gazon;
On habite un moment dans la même maison;
Mais à peine s'est-on attaché, qu'on se quitte...

JEAN, *la regarde, étonné de ces dernières paroles.*

On se quitte... c'est vrai... c'est arrivé si vite...
385 Mais comment se quitter?

LA SŒUR, *se rapprochant de lui, et lui prenant les mains d'un air affectueux.*

On devient un absent
L'un pour l'autre. On se voit de moins en moins récent;
Chacun se décolore au fond d'une buée,
Face pâle de plus en plus diminuée
Dans des reculs, dans du passé, dans du là-bas...
390 Et l'on s'oublie.

JEAN, *qui se méprend sur ce que dit la sœur, avec exaltation,*

Oh! non! vous ne m'oublirez pas!
Car je comprends enfin à travers vos paroles
Et je sens que vos mains se livrent toutes molles...
Vous êtes triste aussi du départ pressenti.

LA SŒUR, *quittant ses mains.*
Je ne vous comprends pas...

JEAN
Et vous avez senti
395 Que vous ne pouviez pas, vous si tendre, si bonne,
Me laisser seul, de nouveau seul, sans plus personne;
Et malgré vous un cher secret vous sort du cœur...

LA SŒUR, *étonnée.*
Un secret? que voulez-vous dire?

JEAN, *qui voit son erreur, très troublé, balbutiant.*
Rien, ma sœur,
Rien... je ne disais rien...

LA SŒUR
Je me sens un peu lasse;
400 Je vais me reposer. Barbe prendra ma place
Au chevet de Madame et veillera pour moi
Jusqu'à minuit. Bonsoir, Monsieur!

(Elle sort.)

SCENE XIII

JEAN
Ah! quel émoi!
Oui! je l'aime! Elle aussi m'aime-t-elle? Ou n'était-ce
Qu'un peu d'apitoiement versé sur ma tristesse?
405 Double déchirement où je dois aboutir:
La tante va mourir; donc la sœur va partir!
Double mort. L'une m'est inévitable. L'une
Est la rentrée, au fond du brouillard, d'une lune,
Clair de lune du bon visage pâlissant;
410 L'autre peut s'empêcher, si la sœur y consent!
Or elle aura pitié. — Se peut-il qu'elle veuille
Me laisser seul comme un lys pauvre qui s'effeuille?

Qu'est-ce donc que sera sans elle la maison
Et moi-même dont elle était la guérison?
415 Ah! qu'elle reste ici! que nous vivions ensemble!
Car j'ai peur d'être seul, peur d'avoir peur; je tremble
D'être encor seul en proie à la cloche! de voir
A nouveau mon visage unique en ce miroir
Où je me fais l'effet d'être mort et sous verre!
420 Oh! non! pas seul! Que sa présence persévère!
J'en ai besoin, je la désire, je la veux!
Les prêtres la pourront délier de ses vœux;
Elle sera ma femme et mon épouse sainte;
D'un autre voile blanc sa tête sera ceinte
425 Avec d'heureuses fleurs dans le tulle agencé.
Ah! comme tout cela s'est bien manigancé!
C'est à cause de la cornette toute blanche
Qui semblait, sur son front, un oiseau du dimanche;
A cause de la robe autour de son corps fin
430 A peine sexuel, presque d'un séraphin;
Et pour n'avoir pas su quelle est sa chevelure
Par-dessous cette coiffe à la calme envergure!
C'est ainsi que l'amour en moi s'insinuait...
Ah! sa voix dans mon cœur que j'avais cru muet,
435 Voix si douce, de la couleur de sa cornette...
(Dans le silence, ont retenti des appels d'alarmes, des pas qui courent.)
Mais qu'entends-je? du bruit... comme un coup de sonnette
Des voix... Barbe pourtant est assise au chevet
De la malade. Sœur Gudule ne devait
La relayer que tard...

(Une voix.)
Monsieur Jean!...

JEAN

On m'appelle,

440 Je vais...

SCENE XIV

JEAN, LA SŒUR

(Au seuil de la porte apparaît sœur Gudule, surprise dans son sommeil, sans cornette, les cheveux déroulés sur le dos.)

LA SŒUR, *tout affolée.*

C'est moi!

JEAN

Vous!... Ses cheveux!

(A part.)

Ce n'est plus Elle!

LA SŒUR

Vite!... je sommeillais! Barbe appelle... j'accours,
Elle mourait!

JEAN

Elle est morte?

BARBE, *arrivant aussi sur le seuil, bouleversée.*

Vite!... au secours!

LA SŒUR, *confuse.*

Je n'ai pas pu finir de m'habiller...

JEAN, *pousse un sanglot.*

Ah!... morte!

(Et il pénètre dans la chambre à coucher.)

SCENE XV

BARBE, LA SŒUR, *restent toutes deux en scène.*

LA SŒUR, *se tournant vers la servante.*

Récitons un pater, pour l'aider à la porte
445 Du ciel...

(Elles s'agenouillent et récitent à voix unies.)
«Notre Père, qui êtes au cieux, que votre nom soit sanctifié; que votre règne arrive; que votre volonté soit faite sur la terre comme au ciel. Donnez-nous aujourd'hui notre pain quotidien et pardonnez-nous nos offenses comme nous pardonnons à ceux qui nous ont offensés; et ne
450 nous induisez point en tentation; mais délivrez-nous du mal. Ainsi soit-il.»

SCENE XVI

JEAN, *rentre en scène.* BARBE. LA SŒUR, *aussitôt se lève et disparaît dans sa chambre.*

JEAN
Tout est fini... fini! J'ai clos les yeux
Qui regardaient déjà de si loin, l'air si vieux;
J'ai joint ses mains — elle est en marbre, et rajeunie.
Elle n'a pas souffert dans sa brève agonie...
455 Elle m'aimait si bien!... maintenant je suis seul!

BARBE
Qui va l'ensevelir?... la mettre en son linceul?

JEAN
Demandez à la sœur.

(Barbe sort.)

SCENE XVII

JEAN
C'est fini! c'est l'absence!
La grande absence, au fond de l'ombre, qui commence!
Ah! comme tout est vide, et comme je suis las!
(La cloche, de nouveau, tinte.)
460 Encor la cloche!... oh! oui! recommencez vos glas!
Aspergez de vos sons qui sont les pleurs de l'heure

Mes deux mortes. Car c'est deux mortes que je pleure!
La sœur Gudule aussi, pour l'avoir vue enfin
Vraiment femme, sans sa cornette en linge fin,
465 Les cheveux libérés, dans la toute-évidence
Physique — maintenant je connais leur nuance!
Or mon amour, fait de mystère, d'inconnu,
Meurt du voile levé, des cheveux mis à nu...
Ce que j'aimais n'est plus, car la sœur n'est plus elle!
470 D'une forme précise, au lieu qu'incorporelle!
Je la vois ce qu'elle est; ne la retrouvant plus
Comme l'imaginait mon amour de reclus,
Et sans plus son halo de linge en auréole!
C'est fini! Tout amour brusquement s'étiole
475 De trop savoir. L'amour a besoin d'un secret.

SCENE XVIII

JEAN, BARBE, *qui rentre, suivie à peu de distance par sœur Gudule.*

BARBE

Monsieur, c'est sœur Gudule.

LA SŒUR, *rhabillée tout à fait, les bras en croix sur la poitrine, ayant revêtu la mante que les béguines portent à la ville.*

Oui, je suis au regret
De partir, monsieur Jean; mais notre règle est telle:
Nous, nous ne veillons pas la dépouille mortelle;
Nous restons auprès des malades seulement.
480 Je vous quitte. Mais pour l'ensevelissement
Deux novices viendront du couvent tout à l'heure;
J'y retourne informer la Mère supérieure.

JEAN, résigné.

S'il le faut...

LA SŒUR

Au revoir, monsieur; je prierai Dieu.

JEAN

Merci, ma sœur

(Il réfléchit un instant.)

Rien que cela: ma sœur!... Adieu!

(Jean fait un geste désespéré et rentre en sanglotant dans la chambre mortuaire.)

RIDEAU

LE MIRAGE

PERSONNAGES

HUGHES.
JORIS BORLUUT.
JANE.
BARBE.
SŒUR ROSALIE.
GENEVIEVE.

La scène se passe à Bruges, de nos jours.

ACTE PREMIER

Un vieux salon de province, dans un antique hôtel; ameublement riche. — Commode ancienne, vitrines; bonheur du jour Louis XV; un autre, Louis XVI. — Une grande table au centre. — Des bibelots. — Haute pendule décorative sur la cheminée. — Sur les meubles, des
5 *portraits, des photographies encadrées. — Un coffret de cristal sur un guéridon. — Au mur de gauche, un grand portrait de femme, au pastel. — Deux fenêtres dans le fond. — Porte à droite.*

SCENE PREMIERE

SŒUR ROSALIE. — Mon Dieu! comme je suis contrariée!...
10 BARBE, *ramassant les morceaux de la vitre qui protégeait le portrait au pastel et qui s'est brisée.* — Mais non, ma sœur, c'est uniquement de ma faute.
SŒUR ROSALIE. — C'est de la mienne aussi. Je vous ai distraite.
BARBE. — Je fus maladroite... Et puis je ne croyais pas cette vitre
15 aussi fragile.
SŒUR ROSALIE. — Un accident peut toujours arriver...
BARBE. — Non; c'est une punition. J'ai désobéi. Monsieur m'avait fait défense de jamais entrer ici sans lui... Vous pensez! C'est toute sa vie, dans ce salon! Il m'a dit un jour lui-même: «C'est ma chapelle de
20 souvenirs...»
SŒUR ROSALIE. — Toujours sa chère morte? En voilà un veuf comme il n'y en a plus beaucoup aujourd'hui!
BARBE. — Figurez-vous que tous les jours il passe un long temps ici, comme à l'église. On dirait vraiment qu'il prie une madone... Et il y a
25 cinq ans que sa douleur dure...
SŒUR ROSALIE. — Le pauvre monsieur!
BARBE. — C'est qu'elle était belle, sa femme!... Il a réuni, ici, tous les portraits qu'il y avait d'elle. *(Elle prend une des photographies éparses sur les meubles et la montre à sœur Rosalie.)* La voici enfant.
30 Quels grands yeux! Et ses beaux cheveux blonds!... *(Prenant un autre portrait.)* Puis jeune fille! C'est toujours la même figure. Et aussi les mêmes cheveux... Ceux qu'elle avait encore en mourant. Les cheveux qui sont là... *(Elle montre un coffret de cristal où repose une natte*

blonde.) Ceci est son plus cher souvenir. Il m'a défendu d'y jamais toucher.
SŒUR ROSALIE. — Ce sont les cheveux de la morte?
BARBE. — Oui! Une longue natte qu'il a coupée lui-même avant
5 qu'on la mît dans son cercueil... Et elle est toujours là, intacte...
SŒUR ROSALIE. — Comme c'est étrange! Les cheveux survivent... C'est une pitié de la mort... Elle ruine tout, les yeux, les lèvres; la chair pourrit... Seuls les cheveux subsistent... Ils durent... On se survit en eux.
10 BARBE. — Vous avez raison. C'est quelque chose de la morte, vraiment d'elle, qui lui reste...
SŒUR ROSALIE. — Il en va de même pour les saints, dont nous possédons quelques reliques...
BARBE. — Ici tout est relique... Rien n'a été changé. Ce sont les
15 mêmes meubles... Des objets qu'elle aimait... Les fauteuils où elle s'est assise... Voilà un coussin qu'elle a fait elle-même... Ses doigts sont partout... Et on me défend de déranger les plis des rideaux, qu'elle même peut-être a formés.
SŒUR ROSALIE. — C'est très touchant.
20 BARBE. — Aussi les autres domestiques ne peuvent jamais ranger ici. C'est moi seule. Et encore! monsieur entend être présent, me surveiller, suivre mes gestes. Il a si peur que quelque chose soit endommagé ou même déplacé...
SŒUR ROSALIE. — Que va-t-il dire de ce qui est arrivé au grand
25 portrait?
BARBE. — J'ai peur. Surtout que c'est de mauvais présage, un bris de vitre, de verre, de glace... A deux reprises, quand mon père est mort, quand ma mère est morte, on avait, dans l'année, cassé un miroir à la maison...
30 SŒUR ROSALIE. — Barbe, ne soyez pas superstitieuse... C'est une idée du démon...
BARBE. — Pardon, ma sœur. Mais je suis toute bouleversée de cet accident... Quelle malchance, pour une seule fois que je désobéis!...
SŒUR ROSALIE. — Heureusement que le tableau lui-même est
35 sauf... La vitre, en se brisant vers le dedans, aurait pu détériorer la peinture...
BARBE. — Ç'aurait été affreux. Car, de tous les portraits de la morte qui sont ici, c'est celui auquel monsieur tient le plus. Chaque fois qu'il le regarde, des larmes lui viennent aux yeux. C'est un portrait du
40 moment de leur mariage, paraît-il. Voyez comme elle sourit bien. Elle

a l'air si heureuse! Mais maintenant, avec cette vitre fendue, il semble qu'elle ait mal d'un côté du visage. On dirait une blessure, et qu'elle s'efforce de sourire... Mon Dieu, que c'est triste! que c'est ennuyeux!... Qu'est-ce que je vais faire?

5 SŒUR ROSALIE. — Il faut avouer, tout franchement, avertir votre maître à son retour... Est-ce qu'il gronde ou se fâche?...

BARBE. — Il a parfois des mouvements d'humeur, assez vifs... Il est nerveux... Mais il est si malheureux! Je lui pardonne. Il est très bon, au fond... Voilà cinq années que je le sers, depuis son arrivée à Bruges, à 10 la mort de sa femme... Je patienterai encore un peu, jusqu'à ce que j'aie économisé ce qu'il faut...

SŒUR ROSALIE. — Alors vous rêvez toujours d'entrer au Béguinage?

BARBE. — C'est mon plus vieux et cher désir, d'aller y finir ma vie. 15 Vous êtes ma seule parente, sœur Rosalie, et j'aimerai tant habiter, avec vous, votre couvent tout blanc!

SŒUR ROSALIE. — Avez-vous atteint la petite rente qu'on doit justifier?

BARBE. — Pas tout à fait... Mais vous, sœur Rosalie, qui êtes 20 influente, vous pourriez peut-êtrc m'obtenir une dispense?

SŒUR ROSALIE. — C'est impossible, Barbe; la règle de l'ordre est formelle. Il y va de son indépendance et de sa dignité même.

BARBE. — Eh bien, je patienterai. D'ailleurs mon maître a tant besoin de moi... Une autre ne mettrait pas ce silence, ces précautions, 25 autour de sa douleur. Moi, j'ai l'habitude de marcher dans les églises. Et c'est ainsi qu'il faut marcher autour de lui...

SŒUR ROSALIE. — Alors, il vit tout entier dans ses souvenirs, et toujours seul...

BARBE. — A peu près. Il n'a qu'un seul ami, M. Joris Borluut. Un 30 vieux garçon, — mais qui a l'air aussi d'un veuf, — le veuf d'on ne sait quoi... Il vient ici souvent, l'après-midi, presque tous les jours... *(On entend sonner l'heure à la pendule.)* Tiens! voilà cinq heures!... C'est son heure... Et il est exact comme notre vieille pendule...

SŒUR ROSALIE. — Je vais vous quitter... On l'introduit ici, sans 35 doute?...

BARBE. — Oui! Mais restez encore un peu, ma sœur... C'est si bon pour moi de causer avec vous, de causer avec quelqu'un! Je suis si seule ici! Il fait un tel silence!... Parfois j'en ai peur...

SŒUR ROSALIE. — Quand on est seule, on est avec Dieu...

BARBE, *dont l'attention est attirée par la sonnette du vestibule qui a retenti.* — J'entends sonner...
SŒUR ROSALIE. — C'est monsieur qui rentre?
BARBE. — Non, il a la clé de la maison... C'est M. Borluut,
5 probablement.
SŒUR ROSALIE. — Je m'en vais alors. Et je prierai pour votre maître, Barbe. Peut-être ferait-il mieux, lui aussi, puisque la morte est morte, de prier pour son âme, au lieu de la regretter de cette façon. Je ne comprends pas bien... Mais j'ai l'idée que cela ne plaît pas à Dieu.

10

SCENE II

SŒUR ROSALIE, BARBE, JORIS, *qui entre.*

SŒUR ROSALIE. — Barbe, je pars... je suis en retard déjà... Et ne me reconduisez pas. Je connais le chemin. *(Elle sort.)*

SCENE III

15

BARBE, JORIS.

JORIS. — Monsieur n'est pas rentré?
BARBE. — Pas encore, monsieur Borluut.
JORIS. — Où est -il allé?
BARBE. — Je ne sais pas.
20 JORIS. — Lui si ponctuel, presque autant que moi!
BARBE. — Oui, auparavant.
JORIS. — C'est vrai que, maintenant, il est souvent en retard. Mais où peut-il s'attarder? Il ne connaît personne.
BARBE. — Monsieur fait de longues promenades, vous savez, le long
25 des quais, dans les quartiers déserts qu'il préfère, au bord des canaux... Il oublie l'heure.
JORIS. — Mais non; ici à Bruges, on entend le carillon, on voit le cadran du beffroi, de tous les points de la ville... Ne savait-il pas que je viendrais aujourd'hui à l'heure habituelle?

BARBE. — Laissez-moi vous avouer, monsieur Borluut, puisque vous êtes son meilleur ami, son seul ami... je suis inquiète. Ne le trouvez-vous pas étrange, depuis quelques semaines? Il n'est plus le même. On dirait que quelque chose est arrivé dans sa vie...

5 JORIS. — Il ne peut rien arriver ici dans notre vie.

BARBE. — C'est juste! Néanmoins il est tout changé... Il s'enferme plus longtemps, parmi ses reliques. Je l'entends quelquefois parler tout haut. Il appelle sa morte: «Geneviève! Geneviève!» comme si elle pouvait revenir. On dirait qu'elle revient vraiment, qu'il la revoit 10 parfois... Mais il se tue à trop se désespérer.

JORIS. — Non, Barbe, il en vit. C'est d'être consolé qu'il mourrait...

BARBE. — Enfin, il semble tout autre. Il sort davantage. Certains jours, il a l'air plus triste que même dans les commencements. Et certains jours, il a l'air presque joyeux... Puis, il faut souvent 15 l'attendre, comme aujourd'hui. Naguère il rentrait juste à l'heure qu'il avait dite, comme quand on se promène sans but, au hasard. Maintenant, il est en retard, comme quand on a été retenu par quelqu'un...

JORIS. — Mais il ne connaît que moi dans toute cette ville, où il a 20 volontairement vécu seul! Et il y est venu pour cela, après son veuvage.

BARBE. — C'est bien ce que je me dis. Alors, c'est que sa douleur le domine. Elle est plus forte que lui... C'est elle qui le mène. Je ne sais rien, moi, je ne comprends rien... Mais je vois bien que mon maître 25 souffre davantage. Et là-dessus, voyez-vous, une femme ne se trompe jamais... Mais... c'est son bruit... Le voilà qui rentre... De grâce, monsieur Borluut, ne lui dites rien... Si je vous ai parlé ainsi, c'est que, vous aussi, vous l'aimez bien... *(Hughes entre... Barbe s'efface pour le laisser passer et sort.)*

30

SCENE IV

JORIS, HUGHES.

HUGHES. — Ah! vous voilà.

JORIS. — Oui, je vous attendais...

HUGHES. — Je suis en retard?

JORIS. — Un peu. Mais les jours allongent. Nous aurons le temps encore d'arriver à l'atelier avant qu'il fasse soir... Je voudrais vous montrer mon tableau, qui a beaucoup avancé...
HUGHES. — Vos *Peseurs d'or*?
5 JORIS. — Oui! j'ai travaillé.
HUGHES. — Ce sera pour un autre jour.
JORIS. — Qu'avez-vous? Vous paraissez tout agité, ce soir...
HUGHES. — Ah! mon ami! je peux bien vous l'avouer, puisque vous êtes mon seul ami, ici. Il m'arrive une aventure extraordinaire.
10 JORIS. — Dans Bruges, dans cette ville morte qui est précisément celle où tout est arrivé et où rien n'arrive plus!...
HUGHES. — Vous savez ma douleur, ma volonté de ne pas oublier. Mais la mémoire est si incertaine! Une figure s'y conserve un temps, puis s'efface... Et, dans nous, nos morts meurent une seconde fois...
15 JORIS.— On aide la mémoire. Vous, vous avez tous ces portraits...
HUGHES. — Maintenant j'ai, de ma Geneviève, une image humaine. C'est là cette aventure extraordinaire. Figurez-vous que, un jour, dans mes promenades, seul, au long d'un quai, j'aperçois tout à coup, venant vers moi, une jeune femme... Je demeurai hagard, comme figé.
20 C'était une apparition, une résurrection! Le même visage, les mêmes yeux sombres, contrastant avec la même chevelure d'un blond roux. Elle-même, la morte, *ma* morte, revenue, marchant vers moi... Miracle presque effrayant d'une ressemblance allant jusqu'à l'identité!
JORIS. — Vous exagériez, sans doute, à votre insu. C'est un trouble
25 optique et le fait de chercher dans tous les visages la figure disparue.
HUGHES. — Et sa marche, sa taille, le rythme de son corps, son même regard... Oh! ce regard retrouvé, sorti du néant! Ce regard que je n'aurais jamais cru revoir, que j'imaginais délayé dans la terre, je le sentis tout à coup sur moi, revenu, refleuri, recaressant.
30 JORIS. — C'est étrange, vraiment.
HUGHES. — J'ai suivi l'inconnue. Je l'aurais suivie jusqu'au bout de la ville et jusqu'au bout du monde...
JORIS. — Voilà qui est imprévu: vous, vous mettant à suivre une femme!
35 HUGHES. — Certes; mais pas une minute je ne songeai à cette action anormale de ma part. C'est *ma* femme que je suivais, que j'accompagnais dans le soir, que j'allais reconduire jusqu'à son tombeau...
JORIS. — Comment ne l'aviez-vous pas déjà remarquée, en cette ville
40 où tout le monde se rencontre, se connaît?

HUGHES. — C'est une étrangère...
JORIS. — Alors, vous l'avez revue? Vous vous êtes renseigné?
HUGHES. — En la suivant, je l'avais vue entrer dans le théâtre... Je ne m'arrêtai pas. J'étais déjà une volonté inerte, un satellite entraîné...
5 J'assistai au spectacle, fouillant la salle, la cherchant partout. On jouait *Robert le Diable*. J'écoutais à peine, toute ma douleur ancienne rouverte par la musique. Tout à coup, à la venue des nonnes, quand les ballerines, figurant les sœurs du cloître réveillées de la mort, se lèvent, — je la vis, elle-même, sur la scène, descendant d'un tombeau
10 ressuscitée... Oui! ma Geneviève ressuscitée, qui s'avançait, tendait les bras...
JORIS. — Alors, vous avez cherché à la retrouver, à la connaître...
HUGHES. — Je lui ai parlé aujourd'hui... C'est pourquoi vous me voyez dans un tel trouble... La même voix aussi. La voix de l'autre,
15 toute semblable et réentendue!... Peut-être y a-t-il une secrète harmonie dans les êtres et faut-il qu'à tels yeux et tels cheveux, corresponde également une telle voix? Ou peut-être le démon de l'analogie se joue de moi?
JORIS. — C'est plutôt cela, Hughes. Vous avez cette manie des
20 ressemblances.
HUGHES. — Dites plutôt le sens des ressemblances. C'est pourquoi je suis venu à Bruges... J'y avais passé à peine, en plein bonheur. Plus tard, resté seul, j'eus l'intuition instantanée qu'il fallait m'y fixer désormais. A l'épouse morte devait correspondre une ville morte.
25 JORIS. — Oui! il y a ainsi des correspondances mystérieuses... C'est de nous ressembler aussi que nous sommes devenus des amis... Je suis un veuf comme vous, le veuf d'un grand rêve, le veuf de la Gloire, qui est une morte pour moi...
HUGHES. — Il faut se leurrer...
30 JORIS. — Vous, c'est vrai, vous vous leurrez facilement... Votre imagination va, colore tout. Car, enfin, comment vous donner l'illusion de votre morte avec cette étrangère!... C'est une danseuse, par conséquent?...
HUGHES. — Il ne s'agit pas d'elle. Je vois l'autre. J'entends l'autre.
35 Je revis l'autrefois. Les années n'ont pas coulé, rien n'a été... Vous n'imaginez pas cette ivresse de supprimer la mort, de vaincre le néant. C'est l'ivresse du mirage... Il n'y a rien, au bord de l'horizon... qu'importe! ce qu'on croit y voir est, comme s'il était... Une danseuse! qu'est-ce que cela fait, si elle me rend Geneviève? Ah! le
40 funèbre enivrement que je goûte et veux goûter davantage!

JORIS. — Vous devez la revoir?
HUGHES. — Ce soir même, tantôt... C'est pourquoi vous m'avez vu ainsi bouleversé. Depuis que ce hasard est entré dans ma vie, je vais comme dans un songe. Les yeux me brûlent, à cause de son image.
5 Mon cœur chavire à tout instant. Ah! ces minutes! ces minutes, auprès d'elle! Quand je la rejoins, j'ai plus la sensation d'aller retrouver ma morte parmi les morts que de la retrouver, vivante, parmi les vivants...
JORIS. — Alors, vous vous donnez des rendez-vous?...
HUGHES. — Oui, je dîne avec elle, ce soir... Tenez, rien qu'à cette
10 idée, je frissonne... quelque chose, en moi, se lève, défaille, rit et pleure... Est-ce un peu de bonheur ou plus de douleur?... Ah! tenez, Joris, j'aurais besoin d'être seul, d'avoir du silence, de me retrouver moi-même... Je ne sais plus où j'en suis...
JORIS. — Un bon conseil: méfiez-vous! Ces femmes-là...
15 HUGHES. — Elle ne compte pas... C'est le mirage, vous dis-je, le mirage!
JORIS. — Soit!... Et mes *Peseurs d'or*, quand viendrez-vous les voir?
HUGHES. — Demain, un de ces jours. Excusez-moi. Je suis si malheureux, si heureux!... Je ne sais pas...
20 JORIS. — J'attendrai...
HUGHES. — Enfin, qu'en dites-vous? N'est-ce pas effrayant cette ressemblance?... textuelle! (*Il prend une des photographies encadrées et la montre à Joris.)* Cette bouche-là, la même; le même ovale de visage, les mêmes yeux... Tout cela se brouillait en moi... je le revois,
25 précis, vivant. Ma morte est moins morte...
JORIS. — Comme elle a l'air triste, en ce portrait!
HUGHES. — Elle a l'air plus triste aujourd'hui... *(Réfléchissant.)* Elle a comme un air de reproche. Peut-être que c'est mal, ce que je voulais faire...
30 JORIS. — Puisque vous ne pensiez qu'à vous illusionner!...
HUGHES. — Maintenant je n'ose plus... j'ai peur... Tous les portraits ont l'air plus tristes... *(Il a déposé la photographie sur un meuble; il regarde le grand portrait, au mur, dont il aperçoit la vitre fendue.)* Mon Dieu, qu'est-il arrivé à celui-là? C'est Barbe, sans doute!... Je lui
35 avais bien défendu... Quel malheur! *(Il tire le cordon de la sonnette, court à la porte, très agité.)* Barbe! Barbe! Quel malheur!...

SCENE V

HUGHES, JORIS, BARBE *qui survient, d'un air inquiet.*

HUGHES, *montrant le portrait.* — Barbe?...

BARBE. — J'arrivais justement, monsieur, pour vous l'avouer... Un accident...

HUGHES. — Malheureuse! Je vous avais donné l'ordre de ne jamais entrer ici sans que j'y fusse.

BARBE. — Oui! monsieur... mais demain c'est la fête de la Présentation de la Vierge, un jour comme un dimanche. Il m'a fallu avancer l'ouvrage de la semaine. Et monsieur est resté absent toute la journée...

HUGHES. — N'importe!... Vous ne comprenez donc pas encore ce que c'est pour moi que ces souvenirs d'Elle? Ma vie est attachée à tous ces objets...

BARBE. — Je comprends bien, monsieur...

HUGHES. — Barbe, ne touchez jamais plus aux portraits... Pensez, si la vitre s'était fendue autrement!... Un pastel! Vous n'y connaissez rien... Mais c'est une poussière de couleur... Elle tient à peine. Le visage aurait pu se défaire entièrement. Et je ne l'aurais plus vu. Et ç'aurait été comme si ma morte mourait encore une fois...

BARBE. — Je le promets à monsieur, pareille chose n'arrivera plus...

HUGHES, *lui montrant le coffret de cristal où repose la chevelure.* — Et ceci surtout, Barbe... Prenez-y bien garde! Ses cheveux! Je les ai mis dans ce cercueil de verre, car cela est mort quand même, puisque c'est d'un mort... et il faut n'y jamais toucher.

BARBE. — Oh! jamais je n'y toucherai, monsieur. C'est sacré... Et ils me font peur.

HUGHES. — Vous avez raison, Barbe. Ils sont quelque chose de la morte qui se continue ici... Pour les choses silencieuses qui vivent autour, dites-vous bien que cette chevelure est liée à leur existence, qu'elle est l'âme de la maison et que d'elle dépend peut-être la vie de la maison!... *(Se dirigeant vers Joris qui est assis dans un fauteuil, et lui montrant le coffret de cristal.)* Les cheveux aussi sont textuels.

JORIS. — Vraiment?

HUGHES. — L'autre part d'une même chevelure!... Ah! ces cheveux de l'inconnue, les manier également, les faire flotter dans l'air, comme s'ils n'appartenaient plus à elle, comme s'ils n'appartenaient plus à personne, comme s'ils appartenaient à Geneviève!

JORIS, *se levant.* — Alors, vous allez la retrouver? Moi, il est temps que je rentre.
HUGHES. — Attendez. Je vous accompagne. Je me suis décidé. Après tout, je ne vais que voir un portrait plus ressemblant de ma
5 morte. *(D'un ton de résolution.)* Barbe?
BARBE. — Monsieur!
HUGHES. — C'est convenu. Finissez de ranger ici. Soyez bien prudente. Quant à l'accident, je vous pardonne.
BARBE. — Monsieur est bien bon... Cela n'arrivera jamais plus.
10 HUGHES. — Et achevez, tout à votre aise. Il n'y aura pas de dîner à préparer. Je vais sortir, je ne dînerai pas ici, ce soir...
BARBE, *stupéfaite.* — Ah! Tiens! C'est la première fois que cela arrive à monsieur!
HUGHES. — Oui, Barbe... *(Hughes et Joris sortent.)*

15

SCENE VI

BARBE, *seule.*

La première fois!... Qu'est-ce qui se passe? C'est étrange!... *(Regardant l'accident du portrait.)* Et cette vitre brisée... mauvais présage... Il y a comme un air de malheur entré dans la maison!...

ACTE DEUXIEME

Un cabinet de travail, renaissance flamande. — Tapisseries aux murs. — Haute cheminée où des bûches se consument dans l'âtre. — Une table avec des livres, des revues. — Bibliothèque. — Grands fauteuils
5 *de cuir. — C'est le soir. — Eclairage de lampes. — Une porte à deux battants, dans le fond, au milieu. — A gauche, une porte vers la chambre à coucher.*

SCENE PREMIERE

HUGHES, BARBE, *qui entre par la petite porte de gauche.*

10 BARBE. — J'ai fait ce que monsieur m'a commandé. J'ai sorti les robes de l'armoire... Elles sont bien défraîchies. Il y en a même dont la soie est toute déteinte.
HUGHES. — La toilette rose aussi?
BARBE. — On ne s'en aperçoit pas... Elle est d'un autre rose, sans
15 doute...
HUGHES. — Et puis, c'est la plus récente, Barbe, la dernière que madame a achetée... C'était pour un bal, un mois avant sa mort... Elle lui allait si bien!...
BARBE. — Monsieur a tort de se faire ainsi toujours du chagrin...
20 HUGHES. — Vous mettrez cette robe à part, Barbe, dans ma chambre, vous l'étalerez sur le lit, pour qu'elle ne se chiffonne pas.
BARBE. — Monsieur ne va donc pas conserver cette robe-là parmi les autres?... Ou est-ce les autres que monsieur ne va plus garder dans les armoires?... Je croyais que monsieur ne voulait rien changer,
25 comme si madame n'était qu'absente et pouvait revenir.
HUGHES. — Ne vous inquiétez pas, Barbe.
BARBE. — Si. Je m'inquiète. Que penserait la pauvre madame?
HUGHES, *la regardant avec émoi comme s'il craignait qu'elle eût deviné ou sût quelque chose.* — Que voulez-vous dire?
30 BARBE. — J'ai peur que peut-être monsieur songe à les vendre, ces robes. Or, dans mon village, en Flandre, quand on n'a pas vendu tout de suite, la semaine de son enterrement, les hardes d'un mort, on doit

les conserver, sa propre vie durant, sous peine de maintenir ce mort en purgatoire jusqu'à ce qu'on trépasse soi-même.
HUGHES. — Soyez tranquille, Barbe. Je n'ai l'intention de rien vendre. Donc, faites comme je vous ai indiqué. Et maintenant, écoutez
5 bien: M. Borluut va arriver d'un moment à l'autre... Je lui ai donné rendez-vous à cette heure-ci... Mais, ensuite, j'attends une autre personne.
BARBE. — Monsieur a donc un nouvel ami?
HUGHES. — Je vous dis: une autre personne. Vous la ferez introduire
10 ici, de même, directement.
BARBE. — Bien, monsieur; bien, monsieur! Je vais donc mettre à part la toilette rose. *(Elle sort par la porte de la chambre à coucher.)*

SCENE II

HUGHES, JORIS, *entrant par la porte du milieu.*

15 JORIS, *entrant la main tendue.* — J'ai reçu votre mot. Vous aviez à me parler?
HUGHES. — Oui. Je voulais vous voir.
JORIS. — Il n'est rien arrivé?
HUGHES. — Rien.
20 JORIS. — C'est vrai qu'on se voit beaucoup moins...
HUGHES. — On se voit à peine.
JORIS, *d'un ton de reproche.* — Vous êtes toujours là-bas!
HUGHES. — Oui, là-bas... dans le passé!
JORIS. — Dans l'amour. Et l'amitié, naturellement, ne compte plus.
25 HUGHES. — L'amour!... Vous aussi, vous pensez cela?
JORIS. — Enfin, cette femme vous a tout accaparé! Vous lui avez fait quitter le théâtre. Vous l'avez installée. Quand un homme fait cela pour une femme, d'ordinaire, c'est qu'il l'aime.
HUGHES. — Vous savez bien, Joris, que je n'ai jamais aimé, que je
30 n'aimerai jamais qu'une seule femme. Celle-ci, je ne l'aime pas. Je vous ai expliqué ce qui se passe en moi, ce qui s'est passé dès le premier jour de sa rencontre. En elle, c'est l'autre que je retrouve, que je baise sur sa bouche, à qui je reste fidèle...
JORIS. — Et vous pouvez, avec cette Jane, vous illusionner jusqu'à ce
35 point?

HUGHES. — Oui, tellement la ressemblance est inouïe. Rien n'a été. La séparation, la mort, le cimetière, la longue absence, — tout cela fut un rêve horrible de la dernière nuit, qui déjà se brouille... Je suis toujours l'Epoux heureux près de l'Epouse. Je la regarde, c'est le
5 même visage! Je l'écoute, c'est la même voix... Qu'importe ce qu'elle dit? Je n'entends même pas... J'écoute le son de la voix, un peu grave, si caressant... la voix de naguère, la voix revenue... Ah! ces minutes! ces minutes! qui abolissent tout, qui triomphent de la mort, qui me rapportent tout mon passé, tout mon bonheur, tout mon unique amour!
10 JORIS. — Mais après, vous devez souffrir davantage, en retombant du haut d'un si beau mensonge...
HUGHES. — N'importe! J'ai des minutes, vous dis-je. Imaginez qu'un mort puisse obtenir de revivre parfois, de quoi revoir le soleil, des arbres et un visage cher. Moi aussi, pour tout le reste du temps de
15 ma vie, je suis mort. Mais j'ai des minutes. Et c'est le miracle! C'est une pitié divine. Et j'attends, comme un mort, mes minutes de résurrection. Je ne pense plus qu'à ces minutes-là, à les exaspérer, à y trouver le paroxysme de l'oubli!...
JORIS. — Ce sont là de funèbres et violentes joies. Et la danseuse
20 n'en rompt jamais l'harmonie?... Sait-elle quelque chose?
HUGHES. — Non! Je lui cache soigneusement mon pieux mensonge. Elle est orgueilleuse. Elle se trouverait humiliée. Il me faut inventer chaque fois de savants stratagèmes... C'est même pour cela que je vous ai fait venir, Joris. Vous êtes mon ami, mon sûr et dévoué ami.
25 Rendez-moi service aujourd'hui. Soyez de moitié dans mon projet. Vous allez le trouver absurde, bizarre... Je vous ai cependant expliqué ce que je tente follement pour abolir ce qui est. Donc cette idée m'est venue, un jour, je ne sais comment. Si! je me rappelle... Vous savez que j'ai tout gardé de la morte: son linge d'autrefois, avec des sachets,
30 est empilé dans les tiroirs; ses anciennes toilettes pendent dans les armoires... Or il m'a pris l'envie — une envie devenue une idée fixe, et qui m'obsède, m'hallucine! — l'envie de voir Jane avec une de ces robes, habillée comme ma Geneviève l'a été. Imaginez ce moment, moment de délice et d'illusion suprême: la voir là, devant moi, elle
35 déjà si ressemblante, ajoutant à l'identité de son visage l'identité d'une toilette où j'ai vu l'autre. Ce sera tout à fait l'épouse revenue.
JORIS. — Prenez garde, Hughes. Il me semble que c'est un peu profaner vos souvenirs.

HUGHES. — Non; la morte elle-même ne m'en voudrait pas. Elle sait bien qu'il n'y a qu'elle, que je l'aime uniquement, elle seule et à jamais, que tout cela ne va qu'à éterniser mon regret d'elle...
JORIS. — Vous vous exaltez. Mais c'est un jeu dangereux que vous
5 jouez là.
HUGHES. — Dangereux pour qui?
JORIS. — Pour vous. Songez que la douleur déforme, même au physique: le visage s'enlaidit dans les larmes. La douleur déforme aussi au moral. Et les désirs maladifs commencent, comme celui que
10 vous avez en ce moment.
HUGHES. — C'est un désir sublime.
JORIS. — Personne ne vous comprendra.
HUGHES. — Oui, il faudrait faire comme tout le monde, être comme tout le monde. Les veufs, eux, se remarient, un an après, avec une
15 femme riche et toute jeune! Ils veulent oublier, et vite. C'est trop triste de se souvenir! Ils n'aiment que ce qui est joyeux, simple. Et ils oublient aussitôt, en effet, comme les enfants. Mais quand on se civilise soi-même, quand on s'est fait une âme haute, subtile, on n'est plus comme les enfants. On n'oublie plus tout de suite. On ne veut
20 plus oublier. Et si on a aimé profondément, on veut se souvenir, aimer jusqu'au bout, jusque dans l'éternité.
JORIS. — Mais pourtant oublier, c'est l'instinct, c'est la loi de la nature.
HUGHES. — Certes, la nature veut qu'on oublie. Mais elle ne songe
25 qu'à elle-même, elle qui se continue et entend que la vie sans cesse sorte de la mort. C'est pourquoi il apparaît impie au monde de ne pas vouloir oublier. On est en révolte contre la nature. Mais c'est la plus belle victoire d'un homme. Et toujours aimer, c'est la plus haute conscience de l'amour!.
30 JORIS. — Comment le peut-on? Chaque journée use le souvenir, use nos sentiments, change nos idées comme elle change les molécules mêmes de nos corps...
HUGHES. — Il faut vouloir, lutter, aider la mémoire et l'adoration par toutes les menues pratiques du souvenir... Moi, je continue à vivre
35 avec celle que j'ai perdue, par ses portraits, sa chevelure, les objets qu'elle aima.
JORIS. — Tout cela est bien... Mais ses robes habillant l'autre femme!
HUGHES. — Qu'importe! si c'est la minute de reprise définitive!
40 Comment ne comprenez-vous pas cette transposition dans le culte?

Vous qui êtes croyant, Joris, et fréquentez les églises, vous admettez les statues de la Vierge et du Christ, grossiers simulacres, par qui les fidèles se figurent Dieu et sa mère, leur parlent, les invoquent, s'illusionnent tout à fait. Ma Geneviève aussi est ailleurs, et c'est une
5 autre qui me la figure ici...
JORIS. — Vous vous leurrez avec de spécieuses raisons... Mais prenez garde, je vous assure. C'est un mauvais jeu... une pente périlleuse...
HUGHES. — Soit! j'y réfléchirai. Mais après ceci, — la dernière
10 chose... C'est une idée fixe. Il faut que je la réalise, pour m'en débarrasser. Rendez-moi ce service, Joris, ce service de bonne amitié. J'ai besoin de vous et que vous soyez mon complice.
JORIS. — Comment comptez-vous faire?
HUGHES. — Voici: comme Jane ne sait rien et que je ne peux rien lui
15 dire, ce n'était pas facile: j'ai imaginé de lui annoncer que vous travailliez à un tableau et rêviez de l'y peindre parmi les personnages de la scène, — une fête se passant il y a quelques années, — afin d'expliquer la toilette de façon démodée que je lui ferai voir à ce moment-là, la toilette que je lui donnerai pour celle du modèle. Alors
20 je lui demanderai de l'essayer pour vous, qui devez venir en juger, et la solliciter en personne.
JORIS. — C'est assez bien combiné!... (*Avec stupéfaction.*) Mais alors, elle va venir... chez vous!
HUGHES. — C'est la première fois. Personne ne la verra. Il fait nuit.
25 JORIS. — Enfin, puisque vous tenez à votre idée!... Donc, quant à moi, je n'ai qu'à attendre ici?
HUGHES. — Non. J'aime mieux être d'abord seul, seul à seul avec elle. Vous comprenez... pour toute l'illusion... Ah! la minute où je la verrai ainsi. Ce ne sera plus elle... ce sera Geneviève... l'ancien soir où
30 elle fut si pâle et si belle, avec cette dernière robe...
JORIS. — Quand faut-il que je revienne?
HUGHES. — Elle va arriver d'un moment à l'autre. Donc, revenez dans une demi-heure. Vous la verrez toute parée. Vous lui ferez un compliment banal... sur son bel air...
35 JORIS. — Et le tableau?
HUGHES. — On n'en parlera plus... *(Avec exaltation.)* Et moi, j'aurai vécu la minute d'amour culminante, le recommencement total, l'illusion divine de la résurrection!... *(On entend retentir la sonnette du vestibule.)* Voilà qu'on sonne! c'est Jane... Donc, dans une demi-
40 heure. Passez plutôt par ici, par ma chambre à coucher. Vous sortirez

de ce côté. Il vaut mieux qu'elle ne vous rencontre pas maintenant. Elle pourrait soupçonner une combinaison... A tout à l'heure!... *(Joris sort.)*

SCENE III

5 HUGHES, JANE, *qui entre par la porte du fond, introduite par Barbe qui s'efface et referme la porte aussitôt.*

HUGHES *s'avance pour l'embrasser.* — Bonsoir, Jane.
JANE. — Attends... que j'ôte cette méchante voilette... elle m'étouffait!... Je ne l'ai mise que pour te faire plaisir.
10 HUGHES, *d'un air inquiet.* — On ne t'a pas vue entrer?
JANE. — Il fait nuit noire... J'ôte aussi mon chapeau.
HUGHES. — Oui; débarrasse-toi! *(Il l'aide à enlever sa jaquette.)*
JANE. *(Elle va s'asseoir dans un fauteuil, vers la cheminée, et regarde autour d'elle.)* — C'est très beau, chez toi!... Oh! ces grandes
15 cheminées!... *(Continuant l'inspection.)* Tiens, tu as de vieux meubles... Pourquoi ne m'en as-tu pas donné de pareils?... *(Se chauffant les mains au feu.)* Il fait bon ici! pourquoi ne m'as-tu jamais laissé venir?
HUGHES. — Pourquoi! pourquoi!... Tu interroges comme un enfant.
20 Tu le sais bien. Nous sommes dans une ville austère... une ville catholique... Rien n'est permis... Tout est scandale.
JANE. — Ah! oui, c'est bien ennuyeux, cette ville!... Je m'y sens si fort une étrangère!... étrangère à la ville, aux gens, à tout, et même étrangère à toi-même!...
25 HUGHES.— Jane!
JANE. — C'est vrai. Je me demande souvent ce que je suis venue faire ici.
HUGHES. — Me rencontrer... La destinée combine tout.
JANE. — Peut-être... Moi, je n'ai jamais pu accomplir ce que
30 j'aimais, dans ma vie. Tout est arrivé à mon insu, presque malgré moi. Ainsi tu m'as fait quitter le théâtre, m'installer ici: je ne voulais pas, — et je l'ai fait!
HUGHES. — Tu ne regrettes pas trop, au moins?... Je t'ai donné tout ce que tu as voulu.
35 JANE. — Oui, tu es gentil... *(Elle se lève et va l'embrasser.)*

HUGHES. *(Il l'enlace, l'incline sous son bras en la renversant.)* — Ah! ton visage! Tu ne sais pas tout ce que j'éprouve en regardant ton visage... Tes beaux cheveux! Tu l'ignores! mais je les connaissais, tes cheveux, avant de te connaître! Et tes beaux yeux, tes yeux verts! Ils sont couleur de l'eau... Et ils m'entraînent, si loin, si loin! Je m'en vais dans du passé...

JANE, *l'air étonné.* — Vraiment? Tu m'aimes, alors?

HUGHES. — J'aime tes yeux, j'aime tes cheveux, et ton visage, et tout ton air... J'aime ta voix... Tu n'as besoin de rien me dire qui soit doux ou bon. Parle seulement. Parle comme si tu rêvais tout haut, comme si tu conversais avec un oiseau ou avec tes souvenirs... J'aime ta voix... Parle. Dis des choses sans suite et que je n'écouterai pas, pour n'entendre plus que ta voix seule... ta voix... ta voix!...

JANE. — Mais si tu veux m'aimer, pourquoi restons-nous ici, dans cette ville si désagréable, où il faut se gêner sans cesse, se cacher? Partons.

HUGHES, *d'un air effrayé.* — Oh! ne dis pas cela, ne demande jamais cela! J'ai besoin d'être ici. J'y suis venu exprès. Il y a des choses auxquelles on ne pense bien que dans Bruges... Je ne pourrais plus vivre ailleurs...

JANE. — On s'habitue...

HUGHES. — Songes-y pour toi-même.

JANE. — Oui! j'essaie... Mais c'est la solitude qui me pèse tant!... Je ne connais presque personne. Et, quand je sors, on dirait une ville vide, où tout le monde dort ou est mort... On ne voit que des vieilles femmes du peuple, au long des rues...

HUGHES. — C'est vrai... Il n'y a nulle part tant de vieilles femmes que dans les vieilles villes...

JANE. — Moi, je suis jeune... Ah! si ce n'était pas pour toi! Et puis, heureusement, mes anciennes camarades de théâtre viennent parfois me voir... tu sais, celles de ma troupe qui jouent ici, chaque semaine. La première fois, elles furent stupéfaites de me voir installée ainsi... Et jalouses! Elles en étaient pâles! Je leur ai dit que tu étais riche, riche... C'est un si grand plaisir de faire enrager ses amis!

HUGHES. — Tu me fais peur. Serais-tu féroce?

JANE. — Peut-être, mais pour mes amis seulement.

HUGHES. — Et moi qui allais justement te proposer de nouvelles relations, puisque tu te plains d'être seule... je voulais te parler à ce sujet... Allons nous asseoir... *(Il l'entraîne vers un fauteuil et s'assied à côté d'elle.)* Tu te rappelles mon ami, Joris Borluut, le peintre dont nous avons déjà causé...

JANE. — Oui, je le connais de vue, je le rencontre souvent. Il est même très bien.

5 HUGHES. — Lui aussi... il t'a remarquée dans les rues quand tu passais... Il te trouve belle... tout à fait plastique... et il voudrait te peindre...

JANE. — Voilà qui va me désennuyer... Est-ce un bon peintre, ton ami?

10 HUGHES. — Tu jugeras. En tout cas, il est toujours agréable pour une femme, qu'on fasse son portrait... C'est une forme de l'hommage... Donc, il a un grand tableau en train où tu figurerais. Il représente une fête se passant il y a quelques années. Tu aurais une toilette du moment. Il l'a même déjà envoyée ici... Tu pourras 15 l'essayer... Lui-même viendra te voir ainsi et se rendra compte.

JANE. — Quand?

HUGHES. — Ce soir, tout à l'heure.

JANE. — C'est très amusant!... Et où est-elle, cette toilette?

HUGHES. — Je l'ai fait déposer dans ma chambre. (*Ouvrant la porte* 20 *de la pièce voisine.*) Tiens! regarde-la...

JANE *pénètre dans la pièce voisine. — Hughes redescend sur le devant de la scène; signes d'une violente émotion. — Jane, un instant après, reparaît.* — Elle est très belle! Le corsage est tout brodé... Un peu démodée pourtant... on ne fait plus les jupes ainsi...

25 HUGHES. — Il y a aussi des bijoux, une parure pour compléter la toilette...

JANE. — Où sont-ils?

HUGHES. — Dans ce tiroir. *(Il désigne un petit secrétaire à gauche.)* Tu les mettras tout à l'heure.

30 JANE. — Ah! c'est très gai, maintenant... On me peindra ainsi dans un tableau... ?

HUGHES. — Et puis on fera également ton portrait, pour toi... avec cette toilette... Ce projet te plaît-il?

JANE. — Il m'enchante! ... Et quand vient-il me contempler, mon 35 peintre?

HUGHES. — Bientôt, tout de suite. Tu n'as que le temps... Va t'habiller, là, dans ma chambre.

JANE. — Oh! ce ne sera pas long. Et sans habilleuse!... Je n'en avais pas, quand je jouais en province... *(Jane pénètre rapidement dans la pièce voisine, dont la porte reste ouverte. Hughes, qui l'a accompagnée jusqu'au seuil, redescend vers le milieu de la scène.)*

HUGHES. — Dépêche-toi!

JANE, *criant de la chambre voisine.* — Oui!

5 HUGHES, *d'un air tout à coup douloureux.* — J'ai peur.

JANE, *parlant de la chambre voisine.* — Tu ne viens pas m'admirer? Je serai très bien décolletée ainsi.

HUGHES. — J'aime mieux te voir en une seule fois, toute parée, toute changée, — tout à fait une autre.

10 JANE. — Comment, une autre?

HUGHES, *troublé et se rattrapant.* — Mais oui! celle que tu seras dans le tableau... *(Un silence, tout à coup, à part.)* Ah! et les bijoux? *(Il se dirige vers le petit secrétaire à gauche, va pour l'ouvrir, indécis; pantomime d'hésitation. Geste douloureux. Il finit par se décider:* 15 *ouvre un tiroir et en retire des écrins qu'il va déposer sur un guéridon proche.)* Ses bijoux... C'est la première fois que j'y touche depuis cinq années. Je n'osais pas. Ces écrins noirs me semblaient son cercueil... Je n'ai plus peur aujourd'hui. *(Il ouvre les écrins avec exaltation.)* O bijoux de Geneviève!... Ils sont ressuscités. C'est que Geneviève est 20 revenue. Elle est là, dans la chambre à côté, elle va entrer, mettre ses bracelets, son collier de perles, ses bagues, comme autrefois!...

JANE. — Elle me va très bien, ma robe. Le corsage ne fait pas un pli. Et la jupe non plus. Tu ne me reconnaîtras plus.

HUGHES, *dans un grand trouble.* — Alors, tu es prête?

25 JANE. — Une minute... Encore une agrafe... Voilà. *(Jane apparaît au seuil de la porte à gauche, et se dirige vers Hughes qui lui tourne le dos, hésite et, très ému, se retourne enfin.)*

HUGHES, *dont le visage se crispe, se bouleverse, les mains tendues.* — Ah!

30 JANE. — Eh bien? Suis-je belle?

HUGHES, *à part, balbutiant.* — Je t'imaginais autrement... *(A part, dans un grand désespoir.)* Elle lui ressemble moins, maintenant! Oui, oui... mais...

JANE, rieuse. — J'ai déjà l'air d'un portrait! Ah!... et les bijoux que 35 j'oubliais!... *(Elle se retourne vers la table, va rouvrir les écrins.)*

HUGHES, *fiévreux, impérieux.* — C'est inutile... Tu es bien ainsi.

JANE. — Je serais mieux...

HUGHES, *l'arrêtant, égaré.* — Oh! non! pas cela... laisse-les... pas cela!... *(Il saisit vivement les écrins et va les déposer dans le tiroir* 40 *d'un secrétaire, à gauche.)*

JANE, *étonnée.* — Qu'y a-t-il?... Qu'est-ce qui te prend?
HUGHES, *se précipitant à genoux, baise le bas de la jupe, se cache la tête dans la jupe et sanglote.* — Ah! cette robe! cette robe! la dernière fois qu'elle l'a mise... une seule fois...
5 JANE, *stupéfaite.* — Tu deviens fou?
HUGHES, *se levant, d'un air d'irritation, la contemplant.* — Jane... rhabille-toi!... Je ne peux plus te voir ainsi. Dépêche-toi!... Rhabille-toi... Va-t'en... Va-t'en!...
JANE. — Qu'as-tu?... Qu'est-ce que tout cela signifie?
10 HUGHES, *de plus en plus agité.* — Tu le sauras... un jour... plus tard... demain... j'irai chez toi demain... Rhabille-toi. Je ne peux plus te voir ainsi. *(A ce moment, retentit la sonnerie du vestibule.)* Tu entends. On a sonné... c'est Borluut... Je ne veux pas non plus qu'il te voie ainsi, devant moi.
15 JANE. — Mais il vient pour cela... Tu me disais...
HUGHES, *réfléchissant.* — Oui! c'est vrai... *(Très agité.)* Eh bien! arrange-toi avec lui... Je souffre trop... Il t'expliquera... Moi, je sors un moment. Je ne peux plus te voir... j'ai besoin d'être seul... je ne peux plus te voir ainsi... *(Il s'en va par la porte de la chambre à coucher,*
20 *qu'il ferme fiévreusement.)*
JANE, *stupéfaite.* — Qu'est-ce que tout cela veut dire?...

SCENE IV

JANE, JORIS, *qui rentre par la porte du milieu.*

JORIS, *saluant.* — Madame... Hughes n'est pas là?
25 JANE. — Je ne sais pas ce qui lui a pris... il vient de s'en aller par là, comme un fou...
JORIS. — Une douleur brusque, probablement... Il va revenir...
JANE. — Je n'y comprends rien... Il m'avait fait habiller ainsi, pour vous, paraît-il... Vous êtes bien son ami, le peintre?
30 JORIS. — Oui.
JANE. — Je vous connaissais de vue... Je vous ai souvent remarqué... Vous avez une tête d'artiste... Et j'aime les artistes, moi... *(Aimable.)* Oui, il paraît que vous désirez me peindre.
JORIS. — J'avais eu cette idée, en effet...

JANE. — Et vous ne l'avez plus?... Alors, vous me trouvez laide ainsi!...
JORIS. — Au contraire, vous êtes très bien...
JANE. — Je serais mieux sans cette toilette ancienne. C'est vous qui
5 vouliez me voir ainsi, n'est-ce pas? Mais je désire que vous me voyiez aussi autrement.
JORIS. — Nous en causerons avec Hughes.
JANE. — C'est inutile. Il est si ennuyeux! Combinons cela ensemble. Vous m'avez l'air très gentil. Bien plus gentil que lui... Voulez-vous
10 que j'aille chez vous, un de ces jours?... Mais puisque vous songez à me peindre, j'aimerais mieux mon portrait que figurer dans un grand tableau.
JORIS, *évasivement.* — Nous verrons.
JANE. — Vous me peindriez moi, moi toute seule: je ne suis pas trop
15 mal, vous verrez. Mes cheveux sont très longs, quand je suis décoiffée... ils me couvrent tout entière. Cela vous inspirera peut-être.
JORIS. — Je ne peins que des tableaux religieux, des antiquailles...
JANE, *hardie, le regardant dans les yeux.* — Vous ne peignez jamais de nu?...
20 JORIS. — Non... Autrefois!...
JANE. — J'irai vous visiter, un de ces jours, à votre atelier... J'aimerais tant vous voir peindre! Nous causerons. Ce sera très gai! Voulez-vous demain? Mais que Hughes n'en sache rien. C'est... un rendez-vous que nous nous donnons... car vous me plaisez beaucoup...
25 beaucoup...
JORIS. — Prenez garde... Hughes pourrait nous entendre... et se méprendre... Il va rentrer sans doute, d'une seconde à l'autre... et il souffre déjà suffisamment.
JANE. — Oh! lui, je m'en moque!...
30 JORIS. — Mais moi, je suis son ami loyal, son seul ami.
JANE. — C'est précisément pour cela que vous me tentez... Je n'aime que ce qui est défendu. Donc, demain après-midi, est-ce convenu? *(On entend le bruit de la porte du milieu qui va s'ouvrir.)*
JORIS. — Taisons-nous! Hughes...

SCENE V

JORIS, JANE, HUGHES, *qui rentre par la porte du milieu.*

HUGHES, *le visage bouleversé.* — Tu es encore là, avec cette robe!... Va te rhabiller... tout de suite... Je ne peux plus te voir ainsi...
5 JANE. — M'expliqueras-tu, à la fin?...
HUGHES. — Plus tard... un jour... va... Je ne peux plus te voir ainsi... Rhabille-toi!... Je ne veux pas non plus que mon ami te voie ainsi davantage. *(Montrant la chambre.)* Va là... va-t'en vite! *(La poussant par les épaules.)* Mais va-t'en donc! *(Il la bouscule vers la chambre à*
10 *coucher, dont il ferme la porte en la faisant battre, après que Jane y a disparu, ahurie, stupéfaite.)*

SCENE VI

HUGHES, JORIS.

JORIS. — Eh bien?
15 HUGHES, *se prenant la tête dans les mains.* — Oh!
JORIS. — Elle est belle ainsi!
HUGHES, *avec désespoir.* — Oui, mais elle fut moins l'autre...
JORIS. — C'était l'impossible!
HUGHES. — La robe m'est restée distincte... Je n'ai plus vu que la
20 robe, la robe des années heureuses...
JORIS. — La robe de l'une et la chair de l'autre.
HUGHES. — Oui, sa peau, ses seins... tout cela qui m'est apparu instantanément comme des péchés, comme *mes* péchés... Je me suis senti sacrilège... Qu'allez-vous penser de moi, Joris?
25 JORIS. — Déjà je vous avais mis en garde...
HUGHES. — Oui! mais c'est fini... Je romprai... j'ai honte... Cette Jane me fait horreur... O Geneviève! Geneviève! *(Il tombe dans un fauteuil. — Crise de larmes.)*
JORIS, *apitoyé, s'approchant du fauteuil.* — La morte elle-même
30 vous pardonnerait, puisque ce ne fut que par amour d'elle...
HUGHES. — Oh! oui! Et c'est un peu sa faute... Je ne la voyais plus... Au commencement, je la revoyais sans cesse. Elle me revenait en rêve, vivante, presque présente. J'ai tout fait pour entretenir son

souvenir, pour me rapprocher d'elle... J'ai prié, j'ai couru les églises, j'ai demandé à Dieu de mourir, puisque la Foi promet qu'on se retrouve... J'ai essayé aussi de m'en rapprocher plus vite, tout de suite. Oui, Joris, la douleur m'égara... J'ai cru ce que je voulais croire... De
5 la magie, du spiritisme... Je l'ai invoquée... Je me suis imaginé communiquer avec son esprit, voir ses mains dans l'obscurité, entendre les bruits frappeurs, sa voix, la voir elle-même, la toucher, l'étreindre... J'ai fréquenté des spirites... Mille folies de mon désespoir... Je ne la voyais plus... Alors cette Jane s'est trouvée sur
10 mon chemin, avec le miracle effrayant de sa ressemblance... Mais c'est un jeu pire encore que les autres. Je m'en rends compte maintenant... C'est fini... je vais guérir...

JORIS. — J'en serai bien heureux, car cette liaison vous compromettait trop, vraiment.

15 HUGHES. — Comment? On le sait, alors?

JORIS. — Tout le monde... Vous êtes la fable de la ville... Ce veuf! Ce veuf inconsolable!... On s'indigne et on se moque... Votre grand deuil est tombé dans le ridicule et votre douleur dans les risées. Voilà ce que je ne pouvais pas supporter pour vous.

20 HUGHES. — Oh! oui... c'est pire que tout... Ma femme morte, il faut qu'on la respecte. Elle est sacrée. C'est pire que tout.

JORIS. — Enfin!... Vous voyez clair maintenant.

HUGHES. — Je suis coupable! Je suis indigne! Je suis le prêtre qui a trahi son culte... Oui, Joris, je suis le défroqué de la douleur.

25 JORIS. — Vous êtes sauvé, au contraire.

HUGHES, *tout à coup pensif, suivant une réflexion.* — Mais elle, que vais-je lui inventer? Il faut qu'elle parte... ailleurs, loin, pour toujours... Je ne veux plus la voir. Elle me fait horreur!... Voulez-vous l'y décider, Joris?

30 JORIS. — Ce sera difficile. Elle se cramponnera.

HUGHES. — Pourquoi?

JORIS, *après une hésitation.* — Vous êtes riche...

HUGHES. — Ah! c'est affreux, cela!

JORIS. — Et puis, elle aura d'autres motifs de ne pas quitter la ville.

35 HUGHES. — Comment, d'autres motifs?

JORIS. — Parlons plus bas... Elle pourrait nous entendre... *(Se rapprochant de Hughes et se décidant.)* Vous voulez, c'est vous qui voulez que je parle: tant pis, je le fais, parce que la minute est suprême, et que cela vous délivre. Elle a plus d'une liaison ici.

40 HUGHES. — Ah! d'autres amants!

JORIS. — Oui.
HUGHES. — Plusieurs?
JORIS. — Beaucoup.
HUGHES. — Mais alors, c'est plus mal encore, ce que j'ai fait. J'ai davantage avili mon amour... Et je suis plus indigne, de toute son indignité. Pourquoi ne m'avertissiez-vous pas, Joris?
JORIS. — J'ai cru que vous l'aimiez, malgré ce que vous disiez...
HUGHES. — Et la morte?... Comment, vous qui êtes mon ami, vous comprenez si peu mon âme! *(Avec amertume.)* Elle est cependant bien facile à comprendre... Mais ce que vous me révélez maintenant, vous en êtes sûr?
JORIS. — Plus que personne. C'est une femme vicieuse, méchante... Je sais des détails...
HUGHES, *lui prenant les mains, très ému.* — Merci, Joris... Je me suis ressaisi... Je vais rompre tout de suite... Ah! les amants! *(Réfléchissant.)* Cela m'importe peu, après tout, puisque je ne l'aimais pas... C'est pour une autre raison que je ne pourrai plus la voir... Car elle a fait pire que me tromper.
JORIS. — Que voulez-vous dire?
HUGHES. — Elle a trompé mon rêve. *(Il éclate en sanglots, tombe dans les bras de son ami, joint les mains et gémit.)* O pardon, Geneviève!... Pardon!... Pardon!...

ACTE TROISIEME

Un quai de Bruges, le soir, dix heures; solitude. silence. — Un canal s'allonge des deux côtés, parallèlement à la rampe. — Au milieu, un pont qui mène sur l'autre rive du quai, où s'alignent des maisons à
5 *pignons; l'une a les fenêtres du premier étage éclairées. — Au premier plan, à droite, un terre-plein planté de vieux arbres; un banc. — Temps brumeux; clair de lune et brouillard, par alternatives.*

SCENE PREMIERE

HUGHES, JORIS, *venant ensemble par la gauche, d'un pas de*
10 *flânerie qui s'attarde.*

JORIS. — Vous voilà arrivé. Je vous quitte.
HUGHES. — Encore un moment...
JORIS, *désignant une maison sur l'autre rive du quai.* — Ses fenêtres sont éclairées.
15 HUGHES. — Je n'y vais pas encore.
JORIS. — Elle vous attend?
HUGHES. — Non! Je ne lui annonce jamais ma venue...
JORIS. — Vous n'êtes pas sûr d'elle.
HUGHES. — D'abord, je ne suis pas sûr de moi. Je sors, je
20 m'achemine ici. Puis, arrivé, je rebrousse chemin, je tournoie. Je m'embrouille dans l'écheveau des rues grises. Je reviens. Alors, j'ai peur qu'elle soit sortie, qu'elle soit je ne sais où... Et, en même temps, je tremble de la trouver chez elle, de me retrouver face à face avec elle.
25 JORIS. — Vous souffrez?
HUGHES. — Ah! si j'avais écouté vos conseils!
JORIS. — Les conseils! C'est comme les remèdes qu'on recommande aux autres, et qu'on ne suit jamais soi-même.
HUGHES. — Vous, vous êtes heureux!
30 JORIS. — Qui sait si je ne donnerais pas ce que vous appelez mon bonheur pour ce que vous nommez vos peines?... On se sent si seul par ces belles nuits!...

HUGHES. — Oui! ces belles nuits de Bruges, aux prestiges frêles... La ville dans le brouillard a l'air presque irréelle... Et cela fait souffrir davantage...
JORIS. — Et elle?
5 HUGHES. — Toujours la même!
JORIS. — Avec des dents de proie dans son visage de rêve!
HUGHES. — Des dents qui me dévorent... Je n'ai pas eu la force de rompre quand il fallait... Vous vous rappelez, Joris, mon soir de sacrilège... Je croyais en finir, la quitter, elle me faisait horreur! Dès le
10 lendemain, elle m'a repris, autrement, par ses caresses, ses baisers savants... Ah! la misère de notre corps... Cette Jane a lié ma chair à sa chair... Et pourtant, je la déteste...
JORIS. — Elle est méchante?...
HUGHES. — Oui! Et l'intimité l'a rendue à elle-même.
15 JORIS. — Les vieux relents des petits théâtres!
HUGHES. — Des propos libres, une grossièreté! Et tout cela avec la voix de l'autre... C'est comme une horrible parodie de mon amour.
JORIS. — Vous comparez...
HUGHES. — C'est ce qui me fait le plus mal. Je pourrais encore
20 m'enchanter de sa voix, mais je souffre trop des paroles qu'elle dit...
JORIS. — C'est donc bien fini, de vous illusionner?...
HUGHES. — Je suis renseigné sur tout: son passé, mille folies, et des désordres que je ne veux pas approfondir!...
JORIS. — J'avais donc raison!...
25 HUGHES. — Je ne sais pas... je ne sais rien, sinon que je ne peux plus me passer d'elle... Tenez! Le mois dernier, elle est partie, cinq jours seulement. Elle a inventé que sa sœur était très malade... Eh bien! ces cinq jours furent infinissables. Je me suis senti si désemparé! Dans une si insupportable solitude! Etre seul, c'est ce dont s'épouvantent
30 les mourants. Etre seul, c'est la définition de la mort...
JORIS. — Elle vous tient bien!
HUGHES. — C'est inexplicable. Car je la hais, par moments.
JORIS. — C'est cela, l'amour.
HUGHES. — Oh! non, je la hais de vraie haine, par moments. Je la
35 hais de tout mon culte avili, de m'avoir fait déchoir vis-à-vis de moi-même. J'étais si haut, dans un si pur rêve, dans une si noble douleur! J'avais monté jusqu'à la beauté mystique du deuil. C'est elle qui m'a fait tomber. Je sais maintenant, à cause d'elle, qu'on ne peut pas vivre dans l'idéal, que la réalité nous attire comme la terre, qu'elle nous
40 ressaisit, nous prend et nous souille, malgré nous. On ne monte plus

haut que pour choir plus bas, plus mal, plus gravement. J'ai voulu planer avec une âme, et j'aboutis à un corps vil. Et, cependant ce corps m'obsède, m'affole de son odeur, m'emprisonne dans son ombre...

JORIS. — Vieille histoire: on veut faire l'ange et on fait la bête.

5 HUGHES. — Oui! mais mon supplice, à moi, c'est de faire l'un et l'autre à la fois. Je suis enchaîné à cette Jane par tout ce qu'il y a de boue originelle dans sa chair, et je reste uni à ma morte par tout ce qu'il y a de lumière première dans mon âme. Je suis trop humain — et trop divin.

10 JORIS. — C'est la vie.

HUGHES. — Alors, elle est affreuse, la vie! Et cette Jane me l'a rendue plus affreuse. Dire que je cherchais l'autre en elle!... Et qu'elle a le même visage avec une âme d'enfer!... L'autre, si pure, si bonne!... C'est même ce qui m'afflige le plus en ce moment, d'avoir profané sa 15 mémoire. J'ai des remords... Je me sens en faute... Je l'ai contristée... *je le sais.*

JORIS. — Les morts nous oublient vite, soyez sûr, en supposant qu'ils se survivent. Aussi vite que nous, les vivants, nous les oublions.

HUGHES. — Il n'empêche que j'ai revu Geneviève... Vous ne croyez 20 pas, Joris, à ces effrayants mystères de l'invisible... Pourtant, c'est ainsi; je la revois; je ne la voyais plus. Elle est revenue. Elle me fait des reproches, mais si doucement! La semaine dernière j'en ai rêvé... Elle m'est réapparue, toute pâle, en tunique blanche. Elle me demanda de ne pas l'oublier... Depuis, il me semble, à chaque instant, que je la 25 revois... Elle est près de moi, elle m'accompagne, elle me suit, toute en larmes. Elle me parle; j'entends sa voix... C'est une présence presque physique... Dans le soir, je la sens, elle flotte au loin, le brouillard se déplie... C'est son linceul. Elle va en sortir. Et tout à coup elle se trouve près de moi, elle-même, très réellement...

30 JORIS. — Vous n'avez pas cessé de vivre en pensée avec elle... L'idée fixe crée de ces phénomènes.

HUGHES. — Peut-être. Et puis aussi, il y a des fluides...

JORIS. — Alors vous l'évoquez?

HUGHES. — Je ne me rends pas compte moi-même... Je ne sais plus 35 où en sont mes yeux... je ne sais plus où en est mon âme! Je subis tout; je ne réagis plus... Tenez, je deviens comme ce canal qui est là, inerte, entre la vraie lune, trop lointaine dans le fond du ciel, et une deuxième lune, la lune mirée, la lune fausse et qui ressemble...

JORIS. — Il n'y a donc plus qu'à vous laisser vivre!

HUGHES. — C'est ce que je fais. J'ai honte, et je continue... je souffre, et je recommence... entre ces deux femmes!
JORIS. — Moi, je n'aurais pas ce courage.
HUGHES. — Certes, quand je songe à ce que j'ai déjà souffert par
5 celle-là... *(Il montre d'un geste de colère la maison de Jane.)* j'ai l'envie d'en finir, de m'en retourner d'un trait, de ne plus jamais la revoir...
JORIS. — Sans doute, cela vaudrait mieux. Décidez-vous tout de suite. C'est ainsi qu'on se guérit. Retournons ensemble.
10 HUGHES. — Pas encore... pas aujourd'hui... J'ai à lui parler... je voudrais savoir... je voudrais la confondre, ce soir...
JORIS. — Je m'y attendais bien. Alors, je vous laisse... puisque vous allez chez elle... Moi, je me couche tôt, pour travailler de bonne heure... *(Il tend la main à Hughes.)* Au revoir!
15 HUGHES. — Vous devez me trouver bien lâche?
JORIS. — Au contraire!... Il est facile de quitter une femme qui vous fait du mal. Ce qui est courageux, c'est de la subir, de porter son fardeau de souffrance.
HUGHES. — Non! non! je suis lâche!
20 JORIS. — Le lâche est celui qui fuit la douleur... Vous, vous osez l'affronter. C'est la pire ennemie. Elle fait des blessures qui ne saignent pas et des héros qu'on méprise. Vous êtes un de ces héros silencieux de la douleur... Je vous admire... Je vous plains.
HUGHES, *très ému, se rapproche. Les deux hommes s'étreignent.* —
25 Vous êtes bon!... Au revoir... Au revoir... *(Joris sort.)*

SCENE II

HUGHES, *seul. Il regarde la maison aux fenêtres éclairées, paraît indécis, se dirige vers les arbres, à droite, se laisse tomber sur le banc.*

30 Joris dit cela par pitié... Je suis lâche!... lâche!... Ma pauvre morte!... Es-tu là?... Dès que je suis seul, je recommence à la voir, avec son air de reproche... Aujourd'hui j'ai peur... que pourrais-je répondre à ton visage en larmes?... *(Il se lève, comme s'il s'était décidé brusquement.)* Allons plutôt chez Jane. *(Il fait quelques pas, il va*
35 *s'engager sur le pont. Tout à coup, il s'arrête, s'entend appeler par*

son nom, se retourne, voit à l'entrée du pont une forme indécise, appuyée au parapet et dont le buste seul dépasse. — C'est Geneviève qui le regarde, toute blanche.)

SCENE III

5 HUGHES, GENEVIEVE.

GENEVIEVE, *d'une voix de rêve.* — Hughes... Hughes!
HUGHES. — Ah! c'est encore elle! Je la sentais bien, dans l'air de ce soir!... *(D'un air découragé, il se dirige vers le banc.)*
GENEVIEVE. — Tu m'attendais, n'est-ce pas? Tous les hommes
10 savent bien que les morts reviennent... C'est pourquoi ils n'en disent jamais de mal. Ils les redoutent.
HUGHES, *l'air effrayé, comme de reproches possibles.* — Moi, ma Geneviève, j'ai respecté ta mémoire!
GENEVIEVE. — Je t'ai vu triste. Ne sois pas si triste! Souviens-toi
15 de nous... Notre amour est plus fort que la mort... Tout est encore, puisque tu n'as rien oublié...
HUGHES. — Rien!...
GENEVIEVE. — Rappelle-toi les commencements. Un soir de brume aussi... dans le parc du grand château... nos premiers aveux. Nos
20 doigts étaient ensemble aux roses d'un bouquet...
HUGHES. — Je me rappelle...
GENEVIEVE. — Et puis tu as ôté les bagues de mes doigts, et, par jeu, tu les glissais aux tiens.
HUGHES. — Je me rappelle...
25 GENEVIEVE. — Ah! nous avons été des amants frénétiques. La mariée blanche devint l'épouse de feu... Nos baisers! Certains soirs, tu disais qu'ils avaient un goût de fruit, que toute ma chair exhalait une odeur d'ananas. Nos baisers! Nos baisers!... Ce sont eux, il me semble, qui, maintenant, habillent mon âme...
30 HUGHES. — Ne me rappelle pas tout ce passé...
GENEVIEVE. — Il n'y a pas de passé, pour ceux qui s'aiment... Il n'y a qu'un temps, toujours le même, et qui ressemble à l'éternité. Ce qui fut, sera toujours.
HUGHES. — Oui, mon amour!...

GENEVIEVE. — Notre amour!... Parlons de nous... Te rappelles-tu mes cheveux? Tu les aimais tant! Tu les dénouais, tu les maniais, tu les déroulais en méandres. Tu y plongeais la tête comme dans une eau tiède pleine de soleil.

HUGHES. — Je me rappelle...

GENEVIEVE. — En partant, je te les ai laissés, mes cheveux! Je n'en ai plus qu'un peu, qui me serre les tempes, comme une couronne pauvre... Ce trésor d'or, tu l'as pris. Ah! comme ç'a été bon pour toi, quand je commençai d'être absente, de garder ce quelque chose qui avait été bien à moi.

HUGHES. — Je me rappelle...

GENEVIEVE. — Ainsi je continuais à être un peu vivante auprès de toi. C'est en ses cheveux qu'on se survit... C'est notre portion d'immortalité... Par eux, je suis dans ta maison. Ma chevelure est l'âme de ta maison; elle est mon âme dans ta maison, qui veille, tendre, aimante, jalouse, inviolable...

HUGHES. — Mais, pas une minute, je n'ai cessé de t'aimer. Il n'y a que toi, toujours toi...

GENEVIEVE. — Toujours nous, — nous deux!... Il n'y a que nous deux, dans cette ville morte. C'est pour y être seul avec moi que tu es venu ici. Tu m'avais perdue, tu m'as retrouvée... Au fil des vieux canaux, je fus ton Ophélie. Dans les cloches, tu entendis ma voix qui s'éloignait, se rapprochait, croissait ou décroissait... Et ce soir, dans le brouillard, tu m'as cherchée, car c'est un linceul dont tu me déshabilles!

HUGHES. — Oui!... il n'y a que toi. C'est toi seule que je cherche, partout!

GENEVIEVE. — Je ne veux pas que tu m'oublies... J'ai si peur que tu ne m'oublies!...

HUGHES. — Non! la vie ne me ressaisira pas...

GENEVIEVE. — Je veux te croire... C'est vrai que tu es aussi pâle que moi...

HUGHES. — Toi seule, je t'aime!

GENEVIEVE. — Tu dis bien vrai?

HUGHES. — Oui, l'autre, c'est encore une façon de t'aimer... Je [ne] l'ai voulue que parce qu'elle te ressemble... tu le sais bien, n'est-ce pas?

GENEVIEVE. — Je ne sais que nous deux... Je ne veux qu'être aimée, — et tu m'aimes, dis-tu. C'est assez. Le reste, qu'importe? C'est la vie... Je n'en sais plus rien... Nous ne nous joignons plus que

par l'amour... C'est le contact immortel. Si tu ne m'aimais plus, tu ne me verrais plus.
HUGHES. — Alors, toi aussi, tu m'aimes encore... Tu me vois aussi. Tu vois tout. Et tu ne m'en veux pas... Tu pardonnes! Dis que tu me
5 pardonnes...
GENEVIEVE. — Puisque tu m'aimes!... C'est tout ce qui, de toi et de la vie, peut se communiquer à moi, parce que c'est de l'éternité aussi, l'amour... Le reste, je l'ignore, je ne sais pas, je ne sais plus...
HUGHES, *se levant, avec exaltation, comme délivré d'un poids*
10 *énorme.* — Ah! tu es bonne! Je t'aime... Tu comprends... Tu vois les choses comme Dieu les voit, comme on les voit de l'autre côté de la vie... *(Il fait un pas vers l'apparition, et, d'un ton de prière, regardant la maison d'en face aux fenêtres éclairées.)* Laisse-moi y aller! *(Au même moment, l'apparition pâlit, s'efface, disparaît.)*

15 SCENE IV

HUGHES, *seul, revenant vers le banc, l'air découragé.*

Elle est partie!... *(Il appelle.)* Geneviève!... Elle était pâle comme la lune... Elle est rentrée dans le brouillard comme la lune!... Ah! comme je me sens seul!... *(Dans le silence, on entend le bruit d'une porte qui*
20 *bat en se refermant sur l'autre rive du quai; — c'est la porte de la maison aux fenêtres éclairées. — Jane sort de chez elle, elle s'avance, traverse le pont. — Durant ce temps, Hughes fait une mimique de stupéfaction.)*

SCENE V

25 HUGHES, JANE.

HUGHES. — C'est elle!... A pareille heure!... *(Il s'avance vers elle, exalté.)* Elle n'ose pas recevoir chez elle... et elle court à des rendez-vous, la nuit... *(S'approchant de Jane.)* Ah! te voilà!... *(Puis, éclatant.)* Où vas-tu, misérable!
30 JANE. — Et toi?

HUGHES. *(Il la prend aux poignets.)* — Réponds. Que fais-tu? Chez qui allais-tu?
JANE. — Où je veux! Chez mon amant...
HUGHES. — Dis plutôt: tes amants! Je savais bien que je te
5 surprendrais ce soir. J'en avais le pressentiment...
JANE, *ricanant.* — Tu es malin! Je t'avais vu!
HUGHES. — Tu mens!
JANE. — Voilà une heure que tu es là à m'espionner. Et les autres soirs, tu crois que je ne t'aperçois pas de mes fenêtres?
10 HUGHES, *d'un ton qui espère.* — Alors, tu n'allais chez personne?
JANE. — Si, si, j'étais attendue... et j'y vais!
HUGHES. — Tu n'iras pas. Prends garde.
JANE. — Oh! oh! mais cela n'est plus de ton âge de jouer l'Othello... Tu es grotesque!
15 HUGHES, *plus exaspéré.* — Prends garde!
JANE. — A quoi?... Tu t'imagines que je tiens à toi, peut-être? Je suis jeune...
HUGHES. — Et moi? tu crois que je t'aime?... T'aimer? toi?... toi?... J'ai voulu ton corps, ta chair... de la volupté...
20 JANE. — Moi j'ai voulu de ton argent... Nous sommes quittes.
HUGHES. — Ah! cruelle!... cynique!... Mais je te haïrais, si je t'avais aimée, après tout ce que tu m'as fait endurer... Jamais une minute, je ne t'ai aimée. D'abord, j'en aimais une autre.
JANE, *narguant.* — Ah!... Et elle est partie!... Elle a bien fait.
25 HUGHES. — Tais-toi! ou je dis ce qui va t'humilier! C'est mon secret tragique, et j'osais à peine le chuchoter à la nuit. Mais il faut que je te le révèle, à la fin, puisque tu souilles en toi mon amour!... Tu n'as donc rien deviné? Je ne maniais tes cheveux que parce qu'ils sont ceux de l'autre; je ne t'écoutais que parce que j'entendais sa voix dans
30 la tienne... Et vos yeux sont les mêmes! Et jusque dans tes bras, j'ai tâché de sentir ses étreintes, sa peau douce, l'odeur intime de sa chair, la même, aussi la même... Voilà comment tu as cru que je t'aimais!
JANE, *ricanant.* — Eh bien, retourne près d'elle tout de suite...
HUGHES. — Ah! si c'était possible!... Mais elle est de l'autre côté de
35 la vie, où personne ne va... Si je pouvais mourir, moi aussi!
JANE. — C'est donc une morte... une ancienne maîtresse?
HUGHES. — Prends garde! *(Il promène les yeux avec effroi autour de lui.)* Si elle t'entendait!... Ne parle pas d'elle! Elle fut l'épouse — la noble et la sainte — la si bonne!... Toi, tu m'as fait souffrir, tu m'as
40 avili. Tu m'as offert l'image indigne de ce que je vénérais.

JANE. — Je comprends, maintenant!... tant de choses que je ne comprenais pas!... Et cette scène que tu n'avais jamais voulu m'expliquer: la robe, les écrins... C'était à elle?

HUGHES. — Oui! la folie d'un soir, pour que tu lui ressembles davantage... tu ne confonds plus maintenant... Tu te rends compte que je ne t'aime pas, que je [ne] t'ai jamais aimée... Tu as été pour moi le simulacre, vite fini, hélas! Puis tu m'a pris, tu m'as tenu par ce qu'il y a de vil et de bas dans la pauvre humanité que nous sommes. Mais maintenant je me ressaisis... Je me délivre... J'étais venu pour te surprendre. Je connaissais ta vie, tes désordres, tes amants... Ce soir, je t'ai surprise. C'est fini. C'est le dernier soir entre nous... *(Eclatant en sanglots.)* Ah! que je suis malheureux! *(Il va s'affaler sur un banc.)*

JANE, *astucieuse, profitant du moment de faiblesse de Hughes pour le reprendre, s'approche de lui, lui met la main sur l'épaule.* — Mais non! rien n'est arrivé! Tu exagères!... Je n'allais nulle part... Je sortais un peu... J'étais énervée... Et la nuit calme.

HUGHES, *inquiet.* — Au contraire!... il y a des voix, il y a des présences dans la nuit...

JANE. — Il y a ma présence... Il y a ma voix!... Je suis à toi, n'est-ce pas assez?

HUGHES. — Et à d'autres.

JANE. — Tu étais jaloux! Tu vois bien que tu m'aimais un peu...

HUGHES. — Je te désirais... Et à cause de cela, peut-être!... C'est affreux d'en convenir. Mais il me semblait que tu étais plus excitante de tous les désirs qui se posaient sur toi...

JANE, *câline.* — Maintenant, tu ne veux plus?

HUGHES, *se levant [et] l'air bouleversé.* — Non! C'est ta faute... Laisse-moi... Je m'en vais... C'est fini...

JANE, *s'approche, d'une voix caressante.* — Faisons la paix... *(Elle lui jette les bras autour du cou, et, collant son corps contre le sien.)* Regarde-moi! Regarde mon visage. Il est à toi. Et mes yeux — mes yeux verts, comme tu disais... Et mes cheveux, que tu aimais tant à dénouer, à laisser flotter, mes cheveux qui caressent aussi... et mes lèvres...

HUGHES. — Ah! oui, tes lèvres...

JANE. — Mes lèvres qui savent les baisers...

HUGHES, *à demi vaincu.* — Oui, tes baisers...

JANE. — Et tout mon corps...

HUGHES. — Ah! ne parle pas ainsi. Tu m'affoles!...

JANE, *plus tentatrice.* — Ce sera comme au commencement, nos premières nuits...
HUGHES, *égaré.* — Voilà de nouveau que tu m'as tenté; tu m'as vaincu! Je te cède encore... Je ne peux plus me passer de toi... mais je
5 ne t'aime pas! C'est bien convenu, n'est-ce pas?... je ne t'aime pas. Je te désire. Je retourne à toi comme on retourne à son péché. Je te veux par cette sorte d'aberration sadique qui est au fond de nous... cette fureur mystérieuse de chercher son propre avilissement... Donne-moi ta bouche. Je veux ta bouche...
10 JANE, *profitant de l'avantage qu'elle a repris.* — Alors, tu promets que tu ne me feras plus de scènes... Et plus de jalousies absurdes... Je vis à ma guise! je m'appartiens!... Et tu ne m'espionneras plus, le soir, surtout. — Sinon, c'est moi qui partirai.
HUGHES. — Oh! non, ne pars jamais! J'ai besoin de toi!
15 JANE. — Allons! méchant! ingrat! Rentrons!
HUGHES, *soudain effrayé, fouillant la nuit aux alentours.* — Non! pas aujourd'hui! — un autre jour... demain... En ce moment, il y a peut-être une personne qui nous épie, qui marche autour de nous dans le brouillard...
20 JANE. — Il n'y a que nous deux... Viens...
HUGHES. — Je n'ose pas.
JANE. — Tu auras mes cheveux que tu aimes tant quand ils sont dénoués... et tout moi!
HUGHES, *avec frénésie.* — Et tout toi! toi... toi. Je veux me saouler
25 de toi pour oublier, comme on se saoule de vin!... *(Avec égarement.)* De l'oubli!... De l'oubli!... *(Il la prend à la taille et ils s'acheminent par le pont, vers la demeure aux fenêtres éclairées.)*

ACTE QUATRIEME

Même décor qu'au premier acte, c'est-à-dire le grand salon du rez-de chaussée, plein de portraits, de souvenirs. — Le salon est orné d'objets religieux: des chandeliers, statuettes, crucifix, sont disposés
5 *sur deux petites tables, devant les deux fenêtres.*

SCENE PREMIERE

BARBE, SŒUR ROSALIE.
Au lever du rideau, Barbe achève de faire des préparatifs.

BARBE. — Enfin, je vais avoir fini... A quelle heure sort la
10 procession du Saint-Sang?
SŒUR ROSALIE. — A dix heures... C'est bientôt...
BARBE. — Il m'a fallu me dépêcher!... Je suis allée à la messe et à communion, ce matin. Et c'est long, tous ces candélabres, ces vases en vermeil, à nettoyer et à polir.
15 SŒUR ROSALIE. — Ils brillent comme des miroirs.
BARBE. — Et mes petites tables, sont-elles bien parées?
SŒUR ROSALIE. — De vrais reposoirs.
BARBE. — Il faudra les voir surtout quand j'aurai allumé les bougies.
SŒUR ROSALIE. — C'est très bien, Barbe. Je vous en félicite.
20 BARBE. — C'est si amusant!... Je voudrais que ce fût plus souvent jour de procession. Je me suis cru tout le temps une sœur de sacristie... Quand j'entrerai au Béguinage, je tâcherai d'y obtenir cette charge. Manier les objets du culte, les nappes d'autel, des images religieuses, c'est un peu pour moi comme si je touchais au bon Dieu...
25 SŒUR ROSALIE. — A ce propos, est-ce qu'elle augmente, votre petite rente?
BARBE. — Pas beaucoup. Depuis la dernère fois que nous en avons parlé, je n'ai économisé que deux cents francs. C'est bien lent...
SŒUR ROSALIE. — Pourtant il faudrait — il serait nécessaire —
30 que vous pussiez entrer tout de suite au Béguinage, partir d'ici.
BARBE, *étonnée du ton catégorique de la béguine.* — Que voulez-vous dire?

SŒUR ROSALIE. — Une chose grave... C'est pour cela que je suis venue... Et j'ai choisi ce jour-ci, parce que Notre-Seigneur est en vous. Vous comprendrez mieux...
BARBE. — Vous m'effrayez, sœur Rosalie. Qu'y a-t-il?
5 SŒUR ROSALIE. — Un conseil, une règle de conduite que ma conscience m'oblige à vous donner.
BARBE. — Je n'ai rien fait de mal.
SŒUR ROSALIE. — On pèche aussi par abstention.
BARBE. — Expliquez-moi, ma sœur; je ne comprends pas bien.
10 SŒUR ROSALIE. — Je vous ai dit que c'était une chose grave. Il ne s'agit pas encore du présent, mais il faut vous avertir pour l'avenir, et cet avenir peut être immédiat. Voici: il sera peut-être nécessaire que vous changiez de service.
BARBE. — Changer de service! Et pourquoi? Voilà cinq ans que je
15 suis ici. Mon maître a toute confiance en moi. Et je me suis attachée à lui. C'est le plus saint homme du monde, et si malheureux!
SŒUR ROSALIE. — Non, Barbe.
BARBE. — Il y a quelque chose à lui reprocher? Qu'est-ce que vous voulez dire?
20 SŒUR ROSALIE. — Il s'est consolé, et mal.
BARBE. — Comment, consolé? Mais, ici, tous les jours, il revient regarder les portraits de sa morte — et les cheveux! — pleurer, prier...
SŒUR ROSALIE. — Il s'est consolé, vous dis-je, d'une abominable façon... Il va chez une de ces femmes de l'enfer, ces femmes qui
25 n'ont plus d'ange gardien.
BARBE, *suffoquée.* — C'est impossible. C'est une invention affreuse. Qui a dit cela?
SŒUR ROSALIE. — Toute la ville le sait. Un vrai scandale public, puisque le bruit en est venu jusqu'à notre sainte communauté.
30 BARBE. — Je ne peux pas le croire.
SŒUR ROSALIE. — C'est ainsi. Et mon devoir était de vous mettre en garde... Votre maître, Barbe, est en état de péché mortel. C'est ici la maison du péché. Or il faut que vous sachiez qu'une servante honnête et chrétienne ne peut pas rester au service d'un tel homme.
35 BARBE, *éclatant.* — Ce n'est pas vrai!... Des calomnies!... On vous a trompée, sœur Rosalie. Un si bon maître!...
SŒUR ROSALIE. — Je le sais par moi-même. J'ai eu les preuves. J'ai vu de mes propres yeux... Je connais même la maison où habite cette... créature. Elle est située sur mon chemin, au long du quai que

j'ai à suivre chaque fois que je viens du Béguinage à la ville. Et j'ai vu entrer et sortir plus d'une fois votre maître...

BARBE, *effondrée.* — Ah! c'était cela, tout ce changement d'existence auquel je ne comprenais rien, ses sorties, ses allées et
5 venues, ses repas au dehors, ses rentrées tardives... Moi, je disais: c'est sa douleur qui le mène et qui l'égare...

SŒUR ROSALIE. — Et elle, je la connais aussi. Je l'ai souvent vue, à sa fenêtre, avec sa figure audacieuse et ses cheveux roux.

BARBE. — Comment?... Vous dites: des cheveux roux?... Elle a la
10 bouche très rouge; elle est grande, n'est-ce pas? Une belle femme?

SŒUR ROSALIE. — Mais vous la connaissez aussi, alors? Elle est déjà venue ici, peut-être?

BARBE, *comme si elle voyait clair soudain.* — C'était elle!... Oui! elle est venue ici, une seule fois, un soir... Et moi qui n'avais rien
15 soupçonné!... Je croyais que c'était pour cette affaire de robe... un modèle, le tableau de M. Borluut, une histoire embrouillée, que je n'ai pas comprise... C'était elle!... Et dire que c'est moi qui l'ai introduite!...

SŒUR ROSALIE. — Alors, c'est tout à fait grave.

20 BARBE. — Que dois-je faire?

SŒUR ROSALIE. — J'ignorais qu'elle fût déjà venue. Et je venais vous dire: il y a une distinction capitale... tant que tout se passera au dehors, vous pouvez feindre d'ignorer et demeurer ici, bien que ce soit manquer de zèle pour Dieu que de servir chez des impies ou des
25 débauchés; au contraire, si, par malheur, cette femme de mauvaise vie vient ici, en visite, dîner, ou autrement, vous ne pouvez plus, dans ce cas, être complice du scandale; vous devez refuser vos services, et partir sur-le-champ.

BARBE. — Alors, puisque je l'ai reçue une première fois?...

30 SŒUR ROSALIE. — Vous ignoriez. Mais maintenant vous êtes renseignée. Votre devoir de conscience est net. Il faudra partir à la minute...

BARBE. — Je ne vais donc plus vivre que dans l'attente...

SŒUR ROSALIE. — Est-ce que nous ne vivons pas tous dans
35 l'attente — l'attente de la mort? Et c'est un bien autre départ!

BARBE. — C'est égal; que deviendrai-je, si je dois partir d'ici?... Mon maître, je l'aimais!... Je l'aime quand même!... Et puis je vivais à ma guise. C'est moi qui gouvernais la demeure... Comment m'habituer ailleurs?

SŒUR ROSALIE. — Je vous chercherai un autre service, chez un bon prêtre...
BARBE. — Et puis j'avais des profits... J'économisais. Maintenant je n'amasserai jamais assez... Je n'irai plus finir ma vie au Béguinage.
5 SŒUR ROSALIE. — Vous y entrerez un peu plus tard, voilà tout.
BARBE, *avec désespoir.* — Non, je mourrai, un soir, à l'hôpital Saint-Jean, en regardant les tristes fenêtres qui donnent sur l'eau.
SŒUR ROSALIE. — Il faut savoir souffrir pour Dieu.
BARBE. — Ah! que je suis malheureuse!... Et j'étais si contente, ce
10 matin, à la messe, avec l'orgue, les chants, l'encens, quand on m'a communiée!... La journée avait commencé trop belle!
SŒUR ROSALIE. — Cela arrive souvent: des matins de soleil — et puis la pluie!
BARBE. — Et tout à l'heure encore, si contente, ici, à ranger mes
15 petits autels, les bouquets, les bougies, les nappes pour la procession du Saint-Sang... Je n'ai plus le cœur d'achever... Et j'avais tout préparé avec un tel soin!... *(Elle va prendre une grande corbeille d'osier, dans un coin du salon.)* Voyez, sœur Rosalie! J'ai passé plus d'une heure à effeuiller ces fleurs, à couper des roseaux en petits
20 morceaux comme des rubans pour les répandre dans la rue, quand le cortège arrivera... J'étais toute fière. Je me disais: «Il y aura plus de fleurs sur le pavé devant chez nous, il y aura un plus beau tapis de fleurs devant la maison, que devant les maisons voisines...» Maintenant je n'ai plus de courage... *(Elle plonge machinalement les*
25 *mains dans la corbeille. Un silence, durant lequel Hughes pénètre par la porte, à droite.)*

SCENE II

BARBE, SŒUR ROSALIE, HUGHES, *vieilli, pâle, absorbé.*

BARBE. — Eh bien! monsieur, que dites-vous de mes petits
30 reposoirs? Sœur Rosalie les aime beaucoup.
SŒUR ROSALIE, *d'un air pincé.* — J'ai dit à Barbe qu'ils sont parfaits.
BARBE. — Et la décoration extérieure, l'avez-vous vue? Au balcon, les draperies aux couleurs du pape, les belles étoffes chastes... Notre
35 maison sera la mieux parée, n'est-ce pas, sœur Rosalie?

SŒUR ROSALIE, *du même ton glacé.* — Je vous en ai complimentée, Barbe.
HUGHES, *distrait, l'air de penser à autre chose.* — Oui, Barbe s'y entend! Barbe est précieuse...
5 SŒUR ROSALIE, *se tournant vers Barbe.* — Barbe, à plus tard!... Il faut que je m'en aille. Je suis attendue au couvent des Visitandines pour y voir passer la procession... Il y a un reposoir, en face... Ce sera bien beau... *(Se tournant vers Hughes.)* Je vous salue, monsieur... *(Elle sort.)*

10 SCENE III

HUGHES, BARBE, *laquelle achève les préparatifs, met la dernière main à la parure des petites tables.*

HUGHES. — Chez nous aussi, il va venir quelqu'un pour voir la procession, de nos fenêtres...
15 BARBE. — M. Borluut?
HUGHES. — Lui, je ne sais pas. Mais une autre personne. Vous l'introduirez vous-même ici... Et comme elle restera peut-être à dîner, vous vous arrangerez en conséquence.
BARBE, *toute troublée.* — Monsieur m'excusera; mais je voudrais
20 bien savoir qui monsieur a invité.
HUGHES. — Vous êtes un peu ôsée, Barbe, de m'interroger ainsi. Vous le saurez quand la personne viendra.
BARBE, *d'un air décidé.* — N'est-ce pas une dame peut-être que monsieur attend?
25 HUGHES. — Barbe!
BARBE. — C'est que j'ai besoin de le savoir d'avance.
HUGHES. — Pourquoi me demandez-vous cela?
BARBE. — Si c'est une dame que monsieur attend, je ne pourrai pas servir le dîner.
30 HUGHES. — Qu'est-ce qui vous prend, Barbe? Je ne vous ai jamais vue ainsi.
BARBE, *avec un effort.* — Et il faudra même que je parte tout de suite. J'introduirai cette personne; c'est sans doute celle qui est déjà venue un soir, une seule fois...
35 HUGHES, *impatienté.* — Oui! c'est la même personne...

BARBE. — Je l'introduirai, parce que, sans doute, à compter de ce moment-là seulement il sera nécessaire que je parte. Et, ensuite, je m'en irai.
HUGHES. — Vous êtes folle, Barbe!
5 BARBE. — Sœur Rosalie me l'a dit... c'est le devoir de ma conscience.
HUGHES. — Ah! c'est elle qui vous a monté la tête, donné ces absurdes conseils!
BARBE. — Elle a raison. Le péché est le péché. Je ne peux pas y
10 prendre part, aujourd'hui surtout — un jour où j'ai communié, où le sang même de Jésus va passer devant la maison...
HUGHES. — Vous ferez comme vous voudrez. Mais c'est très mal, Barbe, de me quitter ainsi. Voilà cinq ans que vous êtes ici. J'étais très satisfait de vous. Je le proclamais encore, il y a un moment, devant
15 sœur Rosalie elle-même... C'est très mal... J'ai toujours été bon pour vous...
BARBE. — Oh!... oui, monsieur... Mais c'est mon devoir... monsieur me comprend... j'en suis bien triste.
HUGHES, *d'un ton affligé.* — Barbe, je n'aurais jamais cru cela de
20 vous.
BARBE. — Monsieur est triste aussi? Ah!... je sais bien, monsieur est malheureux... Et pour une méchante femme... qui le fait souffrir... Je m'explique tout, maintenant... Pauvre monsieur!
HUGHES. — Laissez-moi, Barbe...
25 BARBE. — Que monsieur m'excuse... Je ne suis qu'une pauvre servante; mais je suis une femme aussi, et, dans toutes, même dans les vieilles filles comme moi, il y a quelque chose de maternel qui existe et, quand nous voyons un homme souffrir, nous pousse à vouloir le consoler et à lui dire: «Mon enfant!»
30 HUGHES. — C'est bien, Barbe... vous êtes bonne. Voilà cinq années, d'ailleurs, que vous me l'avez prouvé. Soyez raisonnable maintenant. Et ne me parlez plus de ce ridicule départ.
BARBE. — Il le faut, monsieur, il le faut.
HUGHES. — Encore!... Vous recommencez!
35 BARBE, *d'un ton insinuant.* — Si monsieur veut que je reste, qu'il ne reçoive pas cette personne.
HUGHES. — Ah! non! c'en est trop! Vous devenez vraiment trop exigeante. Je ne vous retiens plus, Barbe.
BARBE. — J'ai dit très franchement à monsieur ce qui était... que je
40 partirais, et même sur-le-champ, dans le cas qu'il sait...

HUGHES, *impatienté.* — Eh bien, alors, allez-vous-en. Allez-vous-en tout de suite, car cette dame va arriver... J'en ai assez. Partez, partez!

SCENE IV

HUGHES, BARBE, JORIS.

5 JORIS, *étonné, en voyant, à l'air contraint des autres, qu'il se passe quelque chose d'anormal.* — Qu'est-il arrivé?
HUGHES. — Rien. Barbe me quitte.
JORIS. — Comment, Barbe?... Ce n'est pas possible!
HUGHES, *s'adressant à Barbe.* — Eh bien, Barbe, dépêchez-vous!
10 Allez faire votre malle...
BARBE. — Que monsieur m'excuse. Je viendrai demain chercher mes effets... Je vais m'apprêter et partir tout de suite, pour assister à la procession...
HUGHES. — C'est bien. Quand vous serez prête, avertissez-moi. Je
15 réglerai votre compte... *(Barbe sort.)*

SCENE V

HUGHES, JORIS.

HUGHES, *d'un air sombre.* — Je ne suis pas fait pour les départs... Une séparation, c'est toujours une petite mort... Je m'étais habitué à
20 elle... Ce sera un nouveau vide ici!...
JORIS. — Qu'est-il arrivé? Elle a été insolente, déshonnête?
HUGHES. — C'est sa parente, sœur Rosalie, qui l'a sermonnée... Elle l'aura mise au courant... Elle lui aura parlé de Jane...
JORIS. — Ces âmes simples ont vite des scrupules, une pudeur de
25 conscience...
HUGHES. — C'est encore un ennui de plus qui m'arrive par la faute de Jane... Ah! cette femme! Quelle malheur qu'elle soit entrée dans ma vie! Elle est donc bien méprisée, pour que l'humble servante, liée à moi depuis des années par l'habitude, son intérêt, les mille fils que

chaque jour tisse entre deux existences côte à côte, aime mieux tout rompre et me quitter que de la servir une seule fois.
JORIS. — Alors, elle doit venir ici, aujourd'hui? Je comprends...
HUGHES, *comme se parlant à lui-même.* — Ce départ de Barbe
5 m'énerve, m'énerve!... *(Répondant à Joris.)* Oui! elle a voulu... j'aurais dû résister.
JORIS. — Certes, c'est une imprudence... Surtout qu'elle est voyante! On croira à un défi... Un pareil jour!... Et avec la foule qui sort, ces matins-là, on ne sait d'où, accourue de tous les villages, de toute la
10 province!... Une population naïve et si pleine de foi, de vertu rigide...
HUGHES. — Maintenant, je voudrais qu'elle ne vînt pas.
JORIS. — Vous devriez vouloir qu'elle ne vînt plus jamais.
HUGHES. — Oui! mais j'ai peur de recommencer à être seul... J'ai peur d'avoir peur...
15 JORIS. — Il faut plutôt avoir peur d'elle!... Ah! mon pauvre ami! Il y a ici comme un air de débâcle. Sauvez-vous, à la fin!... Vous savez bien que cette femme est fourbe et méprisable.
HUGHES. — Oh! oui! Elle m'a tourmenté, avili, exploité, ridiculisé avec des amants sans nombre. Auprès d'eux, je le sais, elle me bafoue.
20 Elle a livré à tous le secret de mon deuil, les intimités de ma douleur, tout ce que je lui avais avoué de sa ressemblance avec ma morte.
JORIS. — Elle a osé cela?
HUGHES. — Elle ose tout.
JORIS. — Alors, puisque vous ouvrez les yeux, je peux vous dire des
25 choses que je ne vous ai jamais dites, Hughes, que j'aurais toujours tues si je ne vous voyais pas de plus en plus malheureux par elle et si en péril!
HUGHES. — Ne me révélez plus rien, c'est inutile...
JORIS. — Si! il faut que vous sachiez, maintenant. Et tant pis si c'est
30 une dénonciation, puisque vous êtes mon ami cher et que cela vous délivre. Figurez-vous qu'elle a été jusqu'à me circonvenir moi-même. Elle est venue chez moi, sous le prétexte de son portrait.
HUGHES. — Ah!
JORIS. — Elle est revenue, ensuite, plusieurs fois, coquette,
35 provocante... Oui, Hughes! Elle a fini par s'offrir, littéralement.
HUGHES. — La coquine!...
JORIS. — Ce n'est pas par passion pour moi, à coup sûr... Je ne suis pas fat ni sot. J'ai vite compris qu'elle craignait mon influence... Elle me déteste au fond. Mais elle a peur que je ne vous détourne d'elle.
40 Elle a voulu m'engager, me lier...

HUGHES, *avec dégoût.* — Je reconnais là sa méchanceté perverse... C'est surtout parce que vous étiez mon ami, mon seul ami... Pour se dire qu'elle me trompait avec mon seul ami... Ceci est bien dans sa manière, sa rouerie lâche et raffinée.
5 JORIS. — Vous ne m'en voulez pas, Hughes? Je vous ai dévoilé cette dernière infamie pour combler la mesure des autres. Je vois bien que vous êtes à bout. Je veux vous guérir.
HUGHES. — C'est inutile... J'en mourrai... je le sens bien... Il valait mieux peut-être m'illusionner sur ma maladie... Un ami est un prêteur
10 d'illusions... Pourquoi m'avoir dit la vérité, Joris? Je ne ferai rien... Tout s'en va de moi. Barbe part. Tout va partir... Mon Dieu, que d'ennuis! que de honte! Et tout cela à cause de cette Jane!... Elle, toujours elle!... Ah! cette femme! Je commence à la haïr tout à fait. *(On entend des pas.)*
15 JORIS. — Prenez garde... Voilà quelqu'un.
HUGHES, *consterné.* — C'est elle, sans doute.

SCENE VI

HUGHES, JORIS, JANE

JANE, *entrant en coup de vent.* — Quelle foule! quelle foule!... J'ai
20 eu toute la peine du monde à arriver... Les rues sont encombrées. *(Se tournant vers Joris.)* Bonjour, monsieur Borluut, je ne vous avais pas vu.
JORIS. — Madame...
JANE. — A la bonne heure! Ce n'est plus Bruges-la-Morte,
25 aujourd'hui!
JORIS. — En effet, la ville est ressuscitée. On dirait que tous les personnages de Van Eyck et de Memling, les héros, les saints, les guerriers, les donateurs, se sont animés pour un jour et peuplent la ville.
30 JANE. — Et toi, Hughes, tu ne parles pas? Tu as l'air maussade.
HUGHES. — Je suis contrarié.
JANE. — Qu'as-tu?
HUGHES. — Barbe m'a donné congé. Et elle part à l'instant même.
JANE. — Bah! on la remplacera.

HUGHES. — Oui, mais il y a cinq années qu'elle est ici... Ces adieux me font toujours mal.

SCENE VII

HUGHES, JORIS, JANE, BARBE, *qui apparaît au seuil de la porte,*
5 *vêtue de sa mante à capuchon, un bonnet de dentelle noire sur la tête.*

BARBE. — Monsieur a désiré régler mon compte maintenant...
HUGHES. — Oui... Je vous suis, Barbe. *(S'adressant à Jane et Joris.)* C'est l'affaire d'un moment... *(Il sort avec Barbe, qui s'est effacée pour le laisser passer et le suit.)*

10

SCENE VIII

JORIS, JANE.

JANE. — Il est encore dans ses mauvais jours... Et vous, monsieur Borluut, allez-vous être aimable?
JORIS. — Cela dépend!...
15 JANE. — D'abord, mon portrait... vous y avez renoncé?
JORIS. — Je vous aurais peinte si mal!... Je me suis défié de mes forces.
JANE. — Vous vous êtes défié de moi... Pourtant, j'étais très gentille dans votre atelier. Vous, vous aviez toujours l'air embarrassé!...
20 comme maintenant encore.
JORIS. — J'ai peur que Hughes ne vous entende. Il est assez malheureux! Vous savez bien qu'il a eu de grands chagrins.
JANE. — Tant pis!... Il m'ennuie. D'ailleurs, je ne sais pas pourquoi j'éprouve un certain plaisir à lui faire du mal.
25 JORIS. — Vous devriez avoir pitié. Pourquoi n'êtes-vous pas meilleure avec lui? Je croyais, moi, qu'il y avait dans toutes les femmes un fonds de miséricorde.
JANE. — Vous ne connaissez pas les femmes, cher monsieur! Quand elles trouvent un homme qui s'y prête, elles se vengent sur lui de tous
30 les autres.

JORIS. — Vous êtes cruelle.
JANE. — Non, je suis femme. Et je le suis même vis-à-vis de vous, puisque je continue à vous accabler d'avance PARCE QUE vous me repoussez. Si vous vouliez, je ne voudrais plus... Je fais des
5 expériences très drôles, n'est-ce pas? Vous, surtout, vous êtes très drôle. Vous m'intéressez. Mais que dirait Hughes s'il savait que vous m'avez souvent reçue dans votre atelier, à son insu?
JORIS. — De grâce, prenez garde... Sur un mot entendu, il pourrait croire que moi, aussi, j'ai pensé à le trahir!
10 JANE, *avec rosserie.* — Cela m'amuserait beaucoup. *(On entend le bruit de la porte qui va s'ouvrir.)* Soyons hypocrites, maintenant...

SCENE IX

JANE, JORIS, HUGHES *qui rentre.*

JANE. — Eh bien, elle est partie, cette Barbe?
15 HUGHES. — Ne parlons plus de ce départ. Tous les départs m'inquiètent. Les départs sont comme les malheurs, ils n'arrivent jamais seuls... *(On entend un bruit qui monte.)* Tiens! la procession approche... Voilà la rumeur de la foule, qui se masse...
JORIS. — Moi, je m'en vais. J'aime mieux voir le défilé au dehors.
20 C'est plus beau, en plein air: les costumes, les chants, les châsses sous le soleil, l'encens respiré de tout près... Et la foi de la foule dont on fait partie... Ah! si on pouvait peindre cela!... Je vous laisse... Adieu, madame. Hughes, à plus tard!... *(Joris sort.)*

SCENE X

25 HUGHES, JANE.

JANE. — Tu es galant. Tu ne m'as pas encore offert de me débarrasser...
HUGHES. — J'étais tout bouleversé par ce départ de Barbe.

JANE. — J'ôte mon chapeau et ma jaquette. *(Elle les lui tend.)* Tiens! *(Puis elle va vers la glace, tire une petite boîte de sa poche, et se passe une houppe sur le visage.)*
HUGHES. — Pourquoi te mettre toujours tant de poudre de riz?... et
5 tout ce rouge aux lèvres?
JANE. — Il y en a qui m'aiment ainsi...
HUGHES. — Voilà des chants, le bourdon de Saint-Sauveur qui se met en branle... la procession va arriver.
JANE. — Qu'est-ce que c'est que cette fameuse procession du Saint-
10 Sang?
HUGHES. — Elle ne sort qu'une fois l'an, depuis les croisades, en souvenir d'une goutte du sang du Christ rapporté de Terre Sainte par Thierry d'Alsace... C'est très beau.
JANE. — Est-ce l'heure?
15 HUGHES. — Elle va passer d'abord sur l'autre rive du quai... Nous ne la verrons que de loin... Mais elle revient par cette rue-ci, pour rentrer à la cathédrale. Alors elle défile tout contre les fenêtres...
JANE. — On commence à entendre des chants...
HUGHES. — En effet...
20 JANE. — Allons voir... *(Elle se dirige vers une des deux fenêtres, qui est entr'ouverte, écarte le vitrage.)* Oh! quelle foule là-bas!... *(Elle ouvre la fenêtre toute grande; on entend la musique des serpents et des ophicléides.)*
HUGHES, *qui est debout, contre les vitres, à l'autre croisée,*
25 *s'approche d'un mouvement vif.* — Oh! non! pas cela!... *(Il pousse la fenêtre de façon à ce qu'elle ne soit qu'entr'ouverte.)* Il suffit d'écarter les vitrages...
JANE. — En voilà, une idée!... Je viens ici pour voir, et tu m'empêches de voir.
30 HUGHES. — Tu verras très bien ainsi...
JANE. — Encore me cacher!
HUGHES. — Tu sais comment ils sont. Te voir chez moi, et pour la procession!... Un scandale!... Ils seraient capables de nous huer.
JANE. — Si je ne peux pas voir à mon aise, je ne regarderai plus...
35 *(Furieuse, elle quitte la fenêtre et va s'asseoir, plus loin, dans un fauteuil où elle boude.)*
HUGHES. — Sois raisonnable... Ce que je disais, c'est par prudence... Reviens!... le défilé commence. Voilà les enfants de chœur.
JANE. — Je m'en moque!

HUGHES. — Derrière, c'est le plus beau groupe: les chevaliers de Terre Sainte, les croisés en drap d'or et en armure, les princesses de l'histoire... Viens voir: ce sont les jeunes gens et les jeunes filles de la plus haute noblesse d'ici qui représentent les personnages... Voilà le
5 fils du bourgmestre costumé en Thierry d'Alsace...

JANE. — Tout cela m'est bien égal!

HUGHES, *allant vers elle.* — Voyons, ne boude pas, ne te fâche pas. Cela ne vaut pas la peine. Reviens... *(Il veut l'entraîner.)*

JANE. — Laisse-moi!

10 HUGHES. — Tu es vraiment d'une susceptibilité.

JANE. — Tu m'embêtes!

HUGHES. — Nous allons encore nous faire du mal.

JANE. — C'est toi!... tu es stupide avec ta peur des gens!... Je m'en moque, des gens!...

15 HUGHES. — Allons! une nouvelle scène! Et pour rien! pour rien!

JANE, *avec un rire cruel et strident.* — Monsieur a peur de se compromettre? Mais tu oublies ton âge!

HUGHES. — Te voilà mauvaise... Tu vas encore une fois m'accabler de tous tes gros mots... une pluie de cailloux... Je ne te réponds plus.
20 *(Il s'achemine vers la fenêtre, découragé.)* Combien déjà de scènes pareilles!... Et pour des motifs puérils... Ah! je suis bien malheureux!

JANE. — Tant mieux!... Je suis contente. Je voudrais te voir pleurer... pour que tu fusses tout à fait ridicule...

HUGHES. — Oh! Jane! Jane!

25 JANE. — C'est ta faute.

HUGHES, *s'approchant, radouci.* — Voyons, faisons la paix... C'est encore une heure noire... N'y pensons plus... Reviens voir la procession... Nous regarderons ensemble... nous oublierons...

JANE. — Non, laisse-moi; va-t'en.

30 HUGHES *retourne seul à la fenêtre.* — Viens voir, Jane. C'est déjà la fin. La châsse du Saint-Sang passe... une petite cathédrale en or, avec mille pierres précieuses... l'évêque la porte... Viens voir toute la foule à genoux, dans l'encens bleu. C'est admirable... *(Il s'incline à son tour. — Un silence.)*

35 JANE. — Te voilà cagot! Il ne te manquait plus que cela.

HUGHES. — Je m'agenouille devant la foi des autres... Ce sont des choses que tu ne comprends pas...

JANE. — Non! je ne comprends rien. Je suis une sotte, n'est-ce pas? Et toi, tu es malin... Sais-tu bien que tu m'agaces à la fin, avec tous tes
40 airs...

HUGHES. — Quels airs?

JANE. — Je ne sais vraiment pas pourquoi je reste avec toi.

HUGHES. — Tu recommences une querelle...

JANE. — Il n'en manque pas qui m'aiment, et avec qui je serais mieux...

HUGHES. — Pour ce que tu te gênes!...

JANE. — Pourquoi m'en gênerais-je?

HUGHES. — Tais-toi!

JANE. — Non! je parle, si je veux. Je fais ce que je veux. J'ai des amants, si je veux. Il y a même quelqu'un qui me plaît beaucoup en ce moment.

HUGHES, *éclatant.* — Ah! oui!, tes amants! Parles-en! C'est du propre, ta vie! J'en ai encore appris une bien belle, aujourd'hui... Borluut, le peintre, mon ami Joris, tu l'as été voir... Il me l'a dit. Car c'est un ami loyal, lui... Tu en as envie, paraît-il. Et puis, tu désirais un allié — pour ne pas qu'il m'influence et qu'il m'arrache à toi. Car tu veux me garder au bout du compte!

JANE. — Ah! il t'a dit... Est-ce qu'il t'a dit tout?... Car je lui ai accordé... tout.

HUGHES. — Tu mens. C'est une infamie... Ah! tu ne les comptes plus!... Tu voudrais maintenant me brouiller avec lui — le seul ami que j'aie ici. Tu n'as pas encore assez dévasté ma vie... Car tout à l'heure, Barbe, son départ immédiat, c'est à cause de toi et de la belle renommée dont tu jouis... Elle n'a pas voulu te servir... C'est pour moi une solitude de plus... Maintenant viendrait le tour de Joris... Ah! non! je me révolte, à la fin... Tout me revient, tout ce que tu m'as déjà fait souffrir, tous tes caprices, tes injures, tes amants, les hontes bues, mon grand deuil avili...

JANE, *ricanant.* — Cela devait venir, ta morte!... *(Se levant de son fauteuil.)* Mais, à propos, c'est bien ici que tu l'honores... ta chapelle de souvenirs... *(Elle va se placer devant le grand portrait au pastel.)* C'est celle-ci, ta femme? Ah! non! je ne lui ressemble pas... Elle a une vilaine bouche... *(Ensuite elle se dirige vers une commode, prend une grande photographie encadrée,)* Celle-ci me ressemble encore moins...

HUGHES, *qui a suivi ses mouvements d'un air inquiet.* — Laissez cela.

JANE. — Pourquoi? Je compare...

HUGHES, *se dirigeant vers elle.* — Laissez cela... J'ai tout supporté; mais, ma morte, vous ne la profanerez pas!... Rendez-moi ce portrait...

JANE. — Non!

HUGHES. — Je ne veux pas que vous touchiez à mes reliques... *(Il lui reprend le portrait des mains.)*

JANE, *se dirigeant vers le coffret de cristal où repose la chevelure.* — Tiens! qu'est-ce que c'est? *(Elle a ouvert le coffret et en retire la longue natte blonde, qu'elle déroule.)*

HUGHES, *livide, se précipite.* — Oh! cela, c'est sacré! N'y touchez pas...

JANE, *ricanante, provocante, s'est rejetée de l'autre côté de la table, et agite la chevelure devant elle.* — Je compare encore... Mes cheveux sont plus roux... *(Elle pose les cheveux de la morte en chignon sur les siens.)*

HUGHES, *exaspéré, affolé, cherche à lui reprendre la chevelure qu'elle continue à manier par bravade; il court à sa poursuite autour de la table.* — Rendez-moi! C'est un sacrilège...

JANE. — Les miens sont bien plus fins...

HUGHES. — Prenez garde! C'est la chose d'une morte... La morte se vengera...

JANE, *narguant.* — Fais-m'en cadeau, de cette chevelure.

HUGHES, *à mots coupés, haletants.* — Inviolable... la morte l'a dit... *(Il atteint Jane dans cette course autour de la table et met la main à la chevelure qu'elle a enroulée autour de son cou, par dernier jeu, pour ne pas la rendre. — Il reprend d'un ton décisif.)* Voulez-vous?

JANE, *riant, essoufflée.* — Non!

HUGHES. — Prenez garde!... Chevelure... vindicative... elle-même instrument de mort... Rendez-la-moi. Vous voyez bien que vous allez tout expier!

JANE, *renversée à terre, se débattant.* — Non! *(D'une voix rauque.)* Mais tu me fais mal!... Tu es fou!...

HUGHES, *tirant, serrant la natte autour du cou comme une corde.* — Je vous tiens, maintenant... je vais vous tuer... je vais tuer mon péché... Tuer! tuer!... Aimer — et rire!

JANE, *cri étranglé.* — Ah!... *(Elle tombe morte.)*

HUGHES. *(Il pousse un rire strident de fou et se lève.)* — Rire!... Oh! oh! *(Regardant autour de lui.)* Oh! il est entré de la neige dans le salon... Et du feu aussi... Il fait trop chaud... Non! il fait trop froid... *(S'avançant vers la glace.)* Dans la glace, il doit faire bien bon... Il faudra que j'y entre, un jour... Pas encore!... Oh! oh! il faut d'abord que je rie, que j'aie beaucoup ri... Je suis heureux... Je suis un grand roi d'un pays de neige... et de feu aussi... Mais je suis bien fatigué... *(Il se laisse tomber dans un fauteuil. — On entend les cantiques de la procession qui s'en revient mais voilés encore.)*

SCENE XI

HUGHES, BARBE. *Entr'ouvrant la porte, elle paraît sur le seuil, toujours en costume de sortie, avec sa grande mante; elle s'avance indécise vers Hughes.*

BARBE. — C'est moi... Que Monsieur m'excuse... je suis rentrée pour chercher la corbeille... Je n'ai pas pu voir sans fleurs le devant de la maison... il n'en manque qu'ici, et la procession va passer... *(Elle s'avance et prend la corbeille.)*
HUGHES. — Vous arrivez à propos, Barbe. Je savais bien que vous étiez dans la cuisine... J'ai trop chaud. J'ai trop froid aussi. Faites vite du feu. Ecoutez... mes dents claquent... Donnez-moi du vin blanc, et de la glace surtout. Je brûle...
BARBE, *épouvantée.* — Qu'est-ce qu'il dit là? *(Elle a fait un pas et voit le cadavre.)* Mon Dieu! mon Dieu! qu'est-il arrivé?
HUGHES *se lève, la prend par le bras, la mène devant le corps.* — Barbe, nous allons être bien heureux... La morte, vous savez bien, ma morte... elle est revenue... Il y en a une autre qui lui ressemblait un peu. Elles se ressemblent tout à fait, maintenant... Elles sont de la même pâleur... Il n'y a plus qu'une morte, ma morte... La voilà, Barbe. Elle va toujours demeurer avec nous. Nous serons bien heureux...
BARBE. — Mon Dieu!... Il l'a tuée... Il est fou... *(Elle dépose la corbeille et court à la porte du salon.)* Au secours!... *(On entend les cantiques plus proches, la musique des serpents et des ophicléides.)*
HUGHES. *(Il s'agenouille, prend par poignées les fleurs coupées dans la corbeille et les sème sur le cadavre.)* — Ce n'est pas moi... c'est la chevelure!

APPENDICE I

Amour en nuances

(Publié pour la première fois dans le *Gil Blas* de décembre 1888, *Amour en nuances* a été republié dans *Epîtres* (Gand), XVII, fasc. 23 (novembre 1948), pp. 153-58.)

Dans une froide maison de province: façade noire avec pignon en dents de scie, grandes chambres aux fenêtres voilées de tulle et de rideaux blancs, comme des alcôves — Jean Sohier vivait seul avec sa mère déjà avancée en âge. Un peu misanthrope et casanier, il avait cet air des hommes qui n'ont pas eu de jeunesse. Quand il regardait en arrière dans le passé, ayant toujours vécu dans cette grande demeure mélancolique, avec cette même vieille femme dont il n'avait jamais connu les cheveux que déjà blancs, il s'apparaissait à lui-même comme ayant attendu depuis le commencement de sa vie quelque chose qui n'était jamais venu.

Quoi? il aurait été bien embarrassé de le dire; car riche et libre, son mal était précisément de ne rien désirer. Les femmes même, toutes celles qu'il avait rencontrées, ne lui suscitèrent aucun trouble, passant devant lui sans rien altérer de son immobile ennui. Comme en une eau froide, ces profils éphémères s'y étaient reflétés, mais confusément, d'autant plus que dans le cristal reculé de son âme, toutes ces têtes se ressemblaient.

Jean se disait pourtant qu'il devait y avoir quelque part une femme autrement que les autres, qu'elle devait exister puisqu'il l'avait attendue.

Pensant qu'elle était trépassée peut-être avant de la joindre, il se résigna — suivant l'exemple du poète — à ne plus aimer que des statues ou des mortes.

Cependant sa mère infirme, décidément déclinante, exigeait des soins méticuleux tout le jour et même qu'on la veillât la nuit: redevenue presque enfant, elle avait peur d'être seule et du noir de sa chambre, comme si la mort ne pouvait venir la prendre qu'avec la complicité des ténèbres.

La vieille servante se trouvant lasse et à bout après plusieurs nuits d'insomnie, on fit venir une religieuse que Jean lui-même alla engager au couvent des Sœurs-Noires dont l'Ordre a pour mission de fournir des gardes-malades aux familles.

Le jour où la Sœur entra dans la maison, Jean se sentit au fond de lui, mal à l'aise et contrarié: c'était une étrangère dont il faudrait s'occuper quand même un peu et qui dérangerait le silence de sa vie. Le plus embarrassant, ce fut pour les repas; car la religieuse, dès le premier abord, révélait si grand air qu'on ne pouvait vraiment pas la faire dîner à l'office. Jean se résigna à ce qu'on mît son couvert à côté du sien, dans la grande salle à manger dont les fenêtres ouvraient sur un frileux matin d'octobre... Simple et naturelle, la Sœur prit place à table devant lui et, les yeux baissées, s'enveloppa d'un grand signe de croix. On parla peu. Il lui demanda son nom...

— Sœur Angélique, fit-elle d'une voix calme, une voix qu'on dirait blanche, de la couleur de son béguin. Puis le reste du temps Jean demeura muet, s'énervant de penser qu'il aurait bien dû lui parler un peu. Mais il s'était, pour ainsi dire, déshabitué de converser, dans la solitude de la maison, même durant les repas sans appétit et sans gaieté que chaque jour on abrégeait davantage. Or, la religieuse maintenant était assise à la place vide de la vieille femme silencieuse comme elle, et aussi déjà de l'autre côté de la vie.

Chaque jour recommença ce ménage à deux du vieux garçon et de la religieuse. On se voyait seulement aux heures de la table. Tout le jour, sœur Angélique allait et venait par la demeure, veillant à ce que la malade ne manquât de rien, rangeant les meubles et les cheminées comme si c'eussent été des autels de mois de mai; si diligente, sans bruit, et si discrète avec ce glissement, au long des escaliers, des pas qui sont habitués aux dalles d'église.

Et souriante! Un jour, elle avait cueilli dans le grand jardin délaissé les touffes des derniers chrysanthèmes et en avait rempli des vases dont l'un fut porté par elle devant le lit de la malade. Jean, quand il rentra dîner, trouva un autre vase qui formait bouquet au centre de la table. Bon sourire des fleurs qu'on croyait mortes, ranimées au clair de lune de la lampe! Ce fut, ce jour-là, un contentement contagieux et inaccoutumé.

On avait allumé le premier feu, et dans la vaste cheminée, une flamme pétillait comme un vin rouge et chaud. Jean se sentit bon au cœur dans la chambre si en ordre, tandis qu'au dehors le vent et les cloches s'affligeaient dans la pluie. Il songea que, depuis l'entrée de la religieuse dans la maison, une sorte de tiédeur d'âme l'enveloppait; — il se trouvait moins seul, et, sans beaucoup lui parler, c'était doux de penser qu'il aurait pu causer avec quelqu'un.

Déjà, en de courts entretiens, il avait deviné quelle âme unique: certes, une jeune fille d'enfance choyée! orpheline peut-être, ou désenchantée, mais à la suite de quel chagrin irrémédiable pour embrasser cette triste vie de veiller des malades et d'ensevelir des morts. Ce soir-là, enhardi par je ne sais quel vent de l'aile du bonheur qui semblait se rapprocher de lui, il l'interrogea pendant le dîner:

— Comment était-elle ainsi entrée au couvent? Pourquoi? fit-il d'un air apitoyé...

Mais elle, avec un sourire étonné et tout heureux à la fois:

— Pour faire plaisir au bon Dieu, répondit-elle.

Cela était dit sur un ton si spécial, avec une intention si neuve que Jean en demeura stupéfait. La religieuse était vraiment autrement que lui, jugeant d'un point de vue différent le sacrifice qu'elle avait fait et toutes les choses de la vie. Elle était aussi autrement que les autres femmes: presque insexuelle dans sa robe au corsage plat; d'une pâleur plus voisine de l'ivoire que de la chair, toute influencée par le blanc de sa cornette apprêtée. Oh! ces linges emmaillotant sa tête, dérobant le rose des oreilles, cachant la couleur imprévue de ses cheveux? Quelle toison avait-elle? De l'or ou de la nuit? Une aile de corbeau prisonnière ou une torche rousse sous le boisseau?

Mais Jean, dans ce commencement de passion très chaste et encore cachée à lui-même, ne désirait point l'apprendre. Le meilleur, c'était — pouvant le savoir — de ne pas le vouloir et de laisser tout son charme de mystère et de voiles à la nuance toujours insoupçonnée et jamais apprise.

Cette vie côte à côte durait depuis des mois: la vieille mère ne quittant plus le lit, c'est la sœur Angélique qui conduisait le ménage, tandis que Jean, envahi par la douceur de la présence et la graduelle intimité, mettait en commun avec elle tous les intérêts de la maison, l'introduisant de moitié dans ses projets, se liant avec elle par les invincibles nœuds de l'habitude, n'imaginant pas que cette sorte de vie quasi-conjugale pourrait cesser un jour, vivant avec elle comme avec quelque sainte, à l'image de la Vierge Marie sans péché, dont il aurait été l'Epoux spirituel.

Cependant la sœur Angélique, elle n'avait même pas remarqué que Jean levait parfois sur elle de longs regards pensifs. Elle profitait seulement de ce qu'à présent il parlait davantage pour amener la conversation sur les choses religieuses. Elle avait remarqué que Jean, peu pratiquant, n'était cependant ni incrédule ni sceptique — avec au contraire un fond de mysticisme gardé de la vie au collège et des messes servies jadis en robe rouge.

Elle avait entrepris de le convertir tout à fait et, pour cela, lui parlait sans cesse du bonheur de croire et du bénéfice de croire; car si le ciel existe vraiment quelle malice de s'y ménager une bonne place. Quand elle le vit à peu près rallié, elle lui avoua que depuis longtemps elle priait Dieu pour lui et avait même fait une neuvaine pour sa conversion plénière.

Depuis ce temps, chaque jour en se mettant à table, Jean pour faire plaisir à la sœur Angélique faisait aussi un grand signe de croix!

Cependant l'état de la malade empirait; un matin, la religieuse apparut plus pâle et les yeux battus. Elle n'avait pas reposé un seul instant de la nuit; la vieille madame Sohier avait eu des étouffements au cœur qui pourraient l'emporter d'un jour à l'autre. En entendant cela, Jean sentit en lui quelque chose de caché jusque là qui, soudain, fit irruption, comme un jet d'eau qu'on croyait mort rejaillissant en hautes gerbes quand la glace de l'étang s'est rompue. Ce fut au même instant pour lui cette évidence-ci: ce qui le navrait, ce n'était pas l'annonce de la mort prochaine de sa mère — vieille et impotente, elle était vouée à l'inéluctable loi et elle avait commencé depuis longtemps à s'en aller de son cœur.

Mais en même temps qu'elle, une autre femme aussi partirait de la maison, dont il avait plus besoin, et qu'il voulait à présent bien davantage. Oui! il aimait sœur Angélique! A cette minute suprême, il l'avait vu en lui; et senti quel vide sa place inoccupée laisserait à la table, veuve d'elle! Oui! il l'aimait! Il s'était doucement habitué à l'appeler: «Ma Sœur!». Un peu sœur, un peu mère, — puisqu'elle était assise à la place de l'autre, — un peu femme aussi qu'il aurait peut-être un jour aimée d'amour absolu et bénit quand les prêtres l'auraient déliée de ses vœux pour devenir auprès de lui l'épouse chrétienne. Oui! il l'aimait, parce qu'elle n'était pas comme les autres et semblait avoir aussi autour de son âme, comme autour de ses tempes, de frissonnantes ailes blanches!

La nuit suivante, Jean dormant mal, son insomnie traversée de pensées douloureuses, il se mit à songer à la manigance lointaine, à l'imprévue éclosion en lui de ce bizarre amour qu'il ne se sentait plus la force d'arracher. C'était sa douceur et son orgueil! C'était aussi sa certitude, car rien ne pourrait l'empêcher de réaliser son rêve et de le faire bénir même par Dieu. Oh! oui ne plus recommencer à vivre sans elle... il avait peur de cela maintenant comme les enfants ont peur de coucher seuls...

Tout à coup il entendit, dans la chambre de l'étage en dessous où était la malade, des cris et l'appel de la sonnette d'alarme qu'on avait placée près du lit de la religieuse. Sans doute une nouvelle crise survenait, plus inquiétante, et décisive pour que sœur Angélique appelât ainsi au secours dans le grand silence nocturne de la maison.

Jean sauta à bas de son lit, se vêtit un peu en hâte et blême, effaré, un flambeau à la main, son ombre courant devant lui au long des murs, il s'élança à travers les escaliers et pénétra dans la chambre. Sur le grand lit, sa mère inerte, raidie; la bouche se contractant d'un dernier spasme, tout ouverte comme un trou d'ombre; les yeux mal clos semblant encore regarder, mais de si loin déjà...

Jean poussa un sanglot, puis se tourna vers la sœur Angélique que, dans son affolement, il n'avait pas vue encore — oh! sa tendresse survivante et son unique espoir...

Il la vit au pied du lit, qui n'avait pas eu le temps de mettre sa robe noire et sa cornette, réveillée en sursaut par les appels d'agonie, et courue au chevet pour aider la vieille dame à rendre l'âme. Sans coiffe autour de la tête, de pâles cheveux blonds libérés en mèches soumises, un jupon court à la taille, elle était là maintenant, inattentive et tout absorbée par sa prière, à réciter devant la trépassée les litanies de la Bonne Mort.

A la voir ainsi dévêtue du mystère de ses habits de religieuse, il sembla tout à coup à Jean que ce n'était plus la sœur Angélique et que celle-ci — partie avec l'âme exhalée, pour l'introduire à Dieu — n'avait laissé dans cette chambre mortuaire qu'une sœur d'elle, à peine un peu ressemblante. Elle? ce n'était plus elle, ainsi femme visiblement et ses bras de chair dépouillés des mystiques manches qui lui donnaient une envergure d'ailes. Belle encore certes, mais d'une beauté normale et palpable — et plus la même qu'auparavant! Plus dans son halo de linge! L'auréole était tombée! Cet amour en nuances, subtil et fait d'inconnu, s'était évanoui à cette même minute, avait brusquement cessé d'être et irréparablement — devant la toute évidence physique!

Le charme s'était rompu en rentrant dans la règle commune: sœur Angélique n'était plus autrement que les autres.

Et, pâle, Jean Sohier s'en retourna dans sa chambre pour pleurer, seul, sur ses deux mortes.

APPENDICE II

Tableau des œuvres principales de Rodenbach et de ses confrères gantois, 1888-1904.

1888 Rodenbach s'installe définitivement à Paris.

1889 Rodenbach, *L'Art en exil*, roman. Van Lerberghe: *Les Flaireurs*, théâtre. Maeterlinck, *La Princesse Maleine*, théâtre; *Serres chaudes*, poèmes.

1890 Maeterlinck, *L'Intruse*, *Les Aveugles*, théâtre.

1891 Rodenbach, *Le Règne du silence*, poèmes. Maeterlinck, traduction de Ruysbroek, *L'Ornement des noces spirituelles*. Verhaeren, *Les Flambeaux noirs*, poèmes.

1892 Rodenbach, *Bruges-la-Morte*, roman. Maeterlinck, *Pelléas et Mélisande*, théâtre. Première représentation des *Flaireurs*, de Van Lerberghe.

1893 Verhaeren, *Les Campagnes hallucinées*, poèmes.

1894 Rodenbach, *Musée de béguines*, natures mortes et nouvelles. Première représentation du *Voile*. Maeterlinck, *La Mort de Tintagiles*, théâtre.

1895 Rodenbach, *La Vocation*, roman. Maeterlinck, traduction de Novalis, *Les Disciples à Saïs*, *Fragments*. Verhaeren, *Les Villages illusoires*, *Les Villes tentaculaires*, poèmes.

1896 Rodenbach, *Les Vies encloses*, poèmes. Maeterlinck, *Le Trésor des humbles*, essai.

1897 Rodenbach, *Le Carillonneur*, roman; *Le Voile*, théâtre.

1898 Rodenbach, *Le Miroir du ciel natal*, poèmes. Mort de Rodenbach. Maeterlinck, *La Sagesse et la destinée*, essai.

1899 Rodenbach, *L'Elite*, recueil d'essais. Van Lerberghe commence *La Chanson d'Eve*, publiée en **1904**.

1900 Rodenbach, *Le Mirage*, théâtre.

1901 Rodenbach, *Le Rouet des brumes*, contes.

TABLE DES MATIERES

Textes littéraires

Titres déjà parus

I Sedaine LA GAGEURE IMPRÉVUE éd R Niklaus
II Rotrou HERCULE MOURANT éd D A Watts
III Chantelouve LA TRAGÉDIE DE FEU GASPARD DE COLLIGNY éd K C Cameron
IV Th Corneille LA DEVINERESSE éd P J Yarrow
V Pixérécourt CŒLINA éd N Perry
VI Du Ryer THÉMISTOCLE éd P E Chaplin
VII Discret ALIZON éd J D Biard
VIII J Moréas LES PREMIÈRES ARMES DU SYMBOLISME éd M Pakenham
IX Charles d'Orléans CHOIX DE POÉSIES éd J H Fox
X Th Banville RONDELS éd M Sorrell
XI LE MYSTÈRE DE SAINT CHRISTOFLE éd G Runnalls
XII Mercier LE DÉSERTEUR éd S Davies
XIII Quinault LA COMÉDIE SANS COMÉDIE éd J D Biard
XIV Hierosme d'Avost ESSAIS SUR LES SONETS DU DIVIN PÉTRARQUE éd K C Cameron et M V Constable
XV Gougenot LA COMÉDIE DES COMÉDIENS éd D Shaw
XVI MANTEL ET COR: DEUX LAIS DU XIIe SIÈCLE éd P E Bennett
XVII Palissot de Montenoy LES PHILOSOPHES éd T J Barling
XVIII Jacques de la Taille ALEXANDRE éd C N Smith
XIX G de Scudéry LA COMÉDIE DES COMÉDIENS éd J Crow
XX N Horry RABELAIS RESSUSCITÉ éd N Goodley
XXI N Lemercier PINTO éd N Perry
XXII P Quillard LA FILLE AUX MAINS COUPÉES et C Van Lerberghe LES FLAIREURS éd J Whistle
XXIII Charles Dufresny AMUSEMENS SÉRIEUX ET COMIQUES éd J Dunkley
XXIV F Chauveau VIGNETTES DES FABLES DE LA FONTAINE éd J D Biard
XXV Th Corneille CAMMA éd D A Watts
XXVI Boufflers ALINE REINE DE GOLCONDE éd S Davies
XXVII Bounin LA SOLTANE éd M Heath
XXVIII Hardy CORIOLAN éd M Allott
XXIX Cérou L'AMANT AUTEUR ET VALET éd G Hall
XXX P Larivey LES ESPRITS éd M J Freeman
XXXI Mme de Villedieu LE PORTEFEUILLE éd J P Homard et M T Hipp
XXXII PORTRAITS LITTÉRAIRES: Anatole France CROQUIS FÉMININS; Catulle Mendès FIGURINES DES POÈTES; Adolphe Racot PORTRAITS-CARTES éd M Pakenham
XXXIII L Meigret TRAITÉ ... DE L'ESCRITURE FRANÇOISE éd K C Cameron
XXXIV A de la Salle LE RÉCONFORT DE MADAME DE FRESNE éd I Hill
XXXV Jodelle CLÉOPATRE CAPTIVE éd K M Hall
XXXVI Quinault ASTRATE éd E J Campion
XXXVII Dancourt LE CHEVALIER A LA MODE éd R H Crawshaw
XXXVIII LE MYSTÈRE DE SAINTE VENICE éd G Runnalls
XXXIX Crébillon *père* ÉLECTRE éd J Dunkley
XL P Matthieu TABLETTES DE LA VIE ET DE LA MORT éd C N Smith
XLI Flaubert TROIS CONTES DE JEUNESSE éd T Unwin
XLII LETTRE D'UN PATISSIER ANGLOIS, ET AUTRES CONTRIBUTIONS A UNE POLÉMIQUE GASTRONOMIQUE DU XVIIIe SIÈCLE éd S Mennell
XLIII Héroët LA PARFAICTE AMYE éd C Hill
XLIV Cyrano de Bergerac LA MORT D'AGRIPPINE éd C Gossip
XLV CONTES RÉVOLUTIONNAIRES éd M Cook
XLVI CONTRE RETZ: SEPT PAMPHLETS DU TEMPS DE LA FRONDE éd C Jones
XLVII Du Ryer ESTHER éd E Campion et P Gethner
XLVIII Samuel Chappuzeau LE CERCLE DES FEMMES ET L'ACADÉMIE DES FEMMES éd J Crow
XLIX G Nouveau PAGES COMPLÉMENTAIRES éd M Pakenham
L L'Abbé Desfontaines LA VOLTAIROMANIE éd M H Waddicor
LI Rotrou COSROÈS éd D A Watts
LII A de la Chesnaye des Bois LETTRE A MME LA COMTESSE D... éd D J Adams
LIII A Hardy PANTHÉE éd P Ford
LIV Le Prince de Ligne LES ENLÈVEMENTS ou LA VIE DE CHATEAU EN 1785 éd B J Guy
LV Molière LA JALOUSIE DU BARBOUILLÉ et G DANDIN éd N Peacock
LVI La Péruse MÉDÉE éd J Coleman

Textes littéraires

LVII Rotrou L'INNOCENTE INFIDÉLITÉ éd P Gethner
LVIII C de Nostredame LES PERLES OU LES LARMES DE LA SAINCTE MAGDELEINE (1606) éd R J Corum
LIX Montfleury LE MARY SANS FEMME éd E Forman
LX Scarron LE JODELET ou LE MAITRE VALET éd W J Dickson
LXI Poinsinet de Sivry TRAITÉ DU RIRE éd W Brooks
LXII Pradon PHÈDRE ET HIPPOLYTE éd O Classe
LXIII Quinault STRATONICE éd E Dubois
LXIV M J Chénier JEAN CALAS éd M Cook
LXV E Jodelle EUGÈNE éd M Freeman
LXVI C Toutain TRAGÉDIE D'AGAMEMNON (1557) éd T Peach
LXVII Boursault LES FABLES D'ÉSOPE ou ÉSOPE A LA VILLE (1690) éd T Allott
LXVIII J Rivière et F Mauriac CORRESPONDANCE 1911-1925 éd J Flower
LXIX La Calprenède LA MORT DES ENFANS D'HÉRODE éd G P Snaith
LXX P Adam (?) SYMBOLISTES ET DÉCADENTS éd M Pakenham
LXXI T Corneille CIRCÉ éd J L Clarke
LXXII P Loti VERS ISPAHAN éd K A Kelly et K C Cameron
LXXIII A Hardy MARIAMNE éd A Howe
LXXIV Cl Gilbert HISTOIRE DE CALEJAVA ou DE L'ISLE DES HOMMES RAISONNABLES éd M S Rivière
LXXV Odoric de Pordenone LES MERVEILLES DE LA TERRE D'OUTREMER (trad J de Vignay) éd D A Trotter
LXXVI B J Saurin BEVERLEI éd D Connon
LXXVII Racine ALEXANDRE éd M N Hawcroft et V J Worth
LXXVIII Mallarmé VILLIERS DE L'ISLE ADAM éd A Raitt
LXXIX Rotrou VENCESLAS éd D A Watts
LXXX Ducis OTHELLO éd C N Smith
LXXXI La Péruse POÉSIES COMPLÈTES éd J A Coleman
LXXXII Du Ryer DYNAMIS éd J Rohou
LXXXIII Chamfort MUSTAPHA ET ZÉANGIR éd S Davies
LXXXIV Claire de Durfort, duchesse de Duras OURIKA éd R Little
LXXXV Louis Bouilhet LE CŒUR A DROITE éd T Unwin
LXXXVI Gillet de la Tessonerie L'ART DE RÉGNER éd P Chaplin
LXXXVII POUR LOUIS BOUILHET éd A W Raitt
LXXXVIII Rotrou LA SŒUR éd B Kite
LXXXIX DIALOGUES RÉVOLUTIONNAIRES éd M C Cook
XC LA VIE DE SAINT ALEXIS éd T Hemming
XCI Jules Verne et Adolphe d'Ennery MICHEL STROGOFF éd L Bilodeau
XCII Bernardin de Saint-Pierre EMPSAËL ET ZORAÏDE ou LES BLANCS ESCLAVES DES NOIRS A MAROC éd R Little
XCIII Raymond Poisson LA HOLLANDE MALADE éd L Navailles
XCIV Jean Galaut PHALANTE éd A Howe
XCV L'Abbé D'Aubignac DISSERTATIONS CONTRE CORNEILLE éd N Hammond et M Hawcroft
XCVI Sallebray LA TROADE éd S. Phillippo et J. Supple
XCVII Fabre d'Eglantine LE PHILINTE DE MOLIERE éd J Proud
XCVIII HISTOIRE D'ELEONORE DE PARME éd R Bolster
XCIX Saint Lambert CONTES AMÉRICAINS éd R Little
C P de Larivey LES TROMPERIES éd K C Cameron et P Wright
CI Venance Dougados LA QUETE éd R Cazals
CII Paul Adam PETIT GLOSSAIRE éd P McGuinness
CIII Claude Martin & Henri Delmas DRAME A TOULON — HENRI MARTIN éd T Freeman
CIV Alphonse de Lamartine TOUSSAINT LOUVERTURE éd L-F Hoffmann
CV Mme de Duras OURIKA éd R Little (nouvelle édition revue et augmentée)